中公文庫

わが復員わが戦後

大岡昇平

中央公論新社

目次

わが復員わが戦後

I

わが復員

　朝、日本が右舷に現われていた。これが懐かしい祖国であると納得しなければならないのは、復員者の頭であるが、眼前の風景は実は私が生れて初めて見る西九州の海岸なのである。碧い海、岩と砂と家、低山の濃い常緑樹の緑と、遠く霞んだ山巓など、まずは、船上から眺めた大抵の山と海岸に似ている。

　兵隊として一年、俘虜として一年の生活は「帰還」の一声によって過去となった。日本はその当然の帰結として空虚な十日の船旅の先にあったもので、それが遂に私の眼の前に現われたということには、何の不思議もないのである。

　この土地と同じグループを形づくる島嶼の一つにわが愛する妻子が今この時も生きているに違いない。再会の期待は大きいが、復員者は別に待ち焦がれるというほどでもない。軍隊や収容所で延期に馴れた彼等は、何ものも待たず、ただ来た時喜ぶ修練を積んでいる。

復員者は斑（まだ）らに舷側に並んで、「何処（どこ）だろう」「長崎へ入るんじゃないだろうか」などと論じているが、誰も確かなことを知っている者はいない。

晴れた冬の日一日、船はのろのろと岸に沿って北上を続けた。左舷は暫（しばら）くのし餅（もち）のように平らな大きな島に占められていたが、やがてそれが尽きる頃、前方に遠く一隻の船が岬の蔭（かげ）から出て沖を目指して行くのが見えた。空荷と見えて赤い吃水線（きっすい）を高く現わし、海は大して荒れていないのに舳先（へさき）が上るごとに水面から離れる。船は我々の現在乗っている船と共に日本で就航している二隻の復員船の一つで、大連へ行くという話である。

昭和二十年十二月十日の午後である。その空荷の船が水平線に小さくなった頃、我々は最初彼女が姿を現わした岬に到着した。我々の船もどうやらこの港に入るらしい。それが博多であるとやがて知らされた。

湾口の小島を徐行してすぎた。てっぺんまで枯草が冬の日を浴びている。この一面の赤い草の色を見て、漸（ようや）く日本に帰ったと感じることが出来た。二年私は緑ばかり見て暮して来たのである。

掃海艇が二隻逆行して来る。船渠（せんきょ）には米標準型の中型の船がいくつもいくつも空色の体を並べている。防波堤が近くなる。しかし船はその手前で長く汽笛を鳴らして停った。

遠く湾の底に街があり、ビルや倉庫が聳（そび）えている。

「何でえ、随分程度がいいじゃねえか」

「ちっともやられてねえようだな」

街の右に次第に黄昏(たそ)がれて来た田野には、幾条かの炊煙が立ち上って、人間の平和な営みを示している。どうも万事収容所で想像していたよりは、余程いいようである。

しかしやがてすっかり暮れ切っても、前方の建物に灯がつかないのに気がついた。灯は全部で数えるほどしかない。建物は残骸(ざんがい)にすぎなかった。祖国はやはり焼けていたのである。

船はまた動き出し、暗い海の上を防波堤をすぎて湾内に進んだ。一つ明るい外灯がついているのが波止場であった。夜は遅く倉庫は戸を下していた。窓の鉄格子に様々の布が干し放しになっているのは、何の意味かわからなかったが、翌朝中から無数の老若男女が現われたことによって、行き場のない引揚者の仮の宿舎にあてられていることがわかった。

電灯の下に二人の米兵と一人の巡査が話していた。身振り手振りで何を通じあっているのかわからないが、要するに巡査は阿諛(あゆ)していた。

彼は我々が祖国の地上に見る最初の日本人である。その彼が俘虜収容所における我々と全く同じことをやっているのだった。

巡査がやがて、

「さよなら」と立ち上った。

「Sainarah」

と米兵の一兵が答える。二、三歩歩き出していた巡査は中腰に立ち止り、手を振った。

「ノー。ノー、さいなら。さようなら」

「Sayonara」

「オーケー、さよなら」

そして満足して去った。

夜通し寒い風が戸のない入口から我々の寝ている船艙（せんそう）に吹き込んだ。被服は比島の収容所で支給されたままの夏衣である。やたらに多い点数の全部を着こんで毛布を被（かぶ）ってしまえば凌（しの）げないこともないが、肌に密着したものがないので、何処となく透間風の入るような感じである。しかし我々は何でも我慢するのに馴れている。南方から帰った人は普通日本の冬を堪えられないという話であるが、私はこの昭和二十―二十一年の冬、ちっとも寒いとは思わなかった。辛かったのはその次の冬であった。

翌朝早く被服の配給があった。軍衣、袴（はかま）、襦袢（じゅばん）、地下足袋、戦闘帽の五点で、袴下（こした）はない。これで寒い街に放たれるのはいくら我慢強い俘虜でも堪らないようであるが、復員事務所が整備されず、この港へは我々が南方からの第一陣なので、どうにもならないという話である。まあ何でもよかろう。神戸まで一日の辛抱だ。まさか、凍死することもあるまい。

これまで着ていた米軍支給の被服は全部取り上げられる由であるが、これが復員者のなかなか愛惜おく能わざる代物であった。いい木綿地の、上衣二揃、シャツ、ズロース各四着、純毛靴下四足、靴、ジャンパー、矩形のゴム引の布の中央に首穴だけあけて、前後にサンドウィッチ式に垂れ下がる厳めしいレーンコート、さらに防寒用として特に与えられた迷彩ジャングル作業衣、それにオーストラリア・ウール毛布である。

船内に現地の様子を訊きに来た新聞記者にある復員者は訴えた。

「ねえ、これがみんな我々が一年間汗水垂らした労働の結晶ですよ。それを全部取り上げるのはひどい」

彼は北陸の小都市の警部で、おもうに役得も労働の結晶と思う習慣がついていたのであろう。彼のいうことは事実と相違している。被服は米軍が単に国際法規に従って無償で支給したものであり、決して俘虜の労働の報酬として与えられたものではない。しかも今それを取り上げるのは正に米軍であり、彼等はPWの二字が捺されて用途のない被服を焼き棄てるのである。

記者は苦笑して、

「軍の品物が民間に流れるのを米軍は特にうるさいですから、仕様がないでしょう。それよりレイテ島の戦闘の実状と、俘虜の待遇について聞かして下さいませんか」

復員者はそれぞれ一杯いうことを持っていたので、若い支局員は疲れ且満足して帰って行った。

昼間に早くも上陸の命令が来た。意外に早い、しかもうまく行けばその日のうちに解散の由である。待たされるのに馴れた俘虜は、少し調子がはずれた感じであるが、勇み立った。

米軍の検査があったが、我々は俘虜の習慣によって、予めかさばらない被服は全部、上衣の袖やズボンの下に押し込んだので、まるで元満洲国の要人のようにぶくぶくふくれ上った姿で、米兵の前に出た。検査は形式的なものであった。

その他我々はそれぞれ雑多な私物と、特に船中で副食として配給されたCレーションの食い残しを持っていた。それを各人各様の袋に入れて担いで行く我々を見て、通行人は、

「持ってる、持ってる」

と囁き合った。これが終戦後どっと氾濫した重荷を負える復員者に対する人民の反感の残滓であることを後で知った。

一つの小さな建物に導かれた。軍医上りらしい若い医者が二人の看護婦に助けられて、

何か注射をする由である。我々は収容所で定期的に予防注射を受けて、大抵の伝染病菌から清浄な体のはずである。復員者の一人がその旨をいうと怒鳴られた。

「注射を受けた、受けたって、何の注射か、お前知ってるか。いい加減な体で、地方へ出て行って、病菌を撒(ま)いてはすまないと思わんのか」

一人の下士官の復員者が前へ出て怒鳴り返した。

「何だと。俺達は前線で命の瀬戸際を潜って来た兵隊だ。何でえ、内地でのうのうとくらい酔ってやがって、見習士官ぐれえで、大きな口をきくな。も一度いって見ろ」

怒鳴りながらだんだんこめかみに青筋を立て、顔を赤くし、じりじり顔を寄せて行く技巧に私は感服した。怒りは怒ることによって増すそうであるが、旧日本軍の下士官が怒っても差支えない場合（多くは部下に対する場合）意識的に怒りを演出し得る人種であったことは、後日の参考のためにちょっと誌(しる)しておきたい。

医師は片手を押えるように突き出し、

「わかりました。わかりました。一本だけですからやってって下さい。お願いします」

といった。

一本の注射が何であるかは知らないが、これで諸々(もろもろ)の伝染病が一挙に消滅するとは思われない。

喧嘩の間も黙って仕事を続けた二人の大和撫子は、殆んど戦前と変らぬ淑やかな『月よりの使者』のマスクで、復員者には甚だ印象的であったことを附け加えておく。

波止場の門を出たところにある木造の小学校に集合した。校庭で昼飯に握飯を振舞われた後、役人から復員証と給料の残りを貰えばそれで解散だという。特に大阪まで直通の列車が出る由である。

最初に手続をすませて帰ろうとする者が、船内からの幹部に、

「ちょっと待って下さい。もうちょっといて下さい」

と呼び止められている。やがて一人が壇上に上って演説を始めた。終戦後収容所で共産主義の講義を始めて、旧日本軍人の幹部から憎まれていた男である。

「諸君。我々は長年前線の困苦に堪え、その上一年の俘虜の惨めな生活を送って来た。その我々に対して、この冬の寒空に外套を与えないばかりか、袴下さえ寄越さぬとは、何事であるか。今この九州では我慢出来ないことはないが、我々の中には雪に閉された北国に帰る者もいる。そういう人達がもし家が焼けていたらどうなると思うか。事務の不整備ですまされる問題ではない。どうしても、外套と袴下を貰おうではないか。もしくれない場合、我々は一致団結して、くれるまでこの校舎に泊り込もうではないか。既に交渉委員が県庁に行っている。諸君、給料を貰っても、ばらばらにならずに、もう暫くこの校庭に止

って貰いたい」

趣旨は頗る結構であった。どうせ列車は五時でないと出ないのであるから、福岡に家を持つ一人を除いてみな残った。その一人も一旦家へ帰った後で、様子を見に来るそうである。

給料を渡す吏員の動作も至って緩慢で、ここでもまた一場面があったが、くだくだしければ略す。

給料は各自の申し立てる階級に拠り、支払が停った月（これは大抵米軍上陸のため山へ入った月に当る）に遡って支払われる。どうせ一等兵の給料は知れたものであるから、私は正直に申し立てたが、ある軍曹は曹長を申し立てた。

終戦まで山中に残っていた同僚は山中で進級していた、だから自分も曹長として取り扱われる権利がある、というのである。俘虜になると共に兵務に従うことを止めた彼が、こう主張するのは少し変であるが、彼によれば、同僚が山中に残れたのはただ逃げ廻っていたからで、自分が俘虜になったのは身を挺して危険に向ったからなのであった。いずれにしても少し変であるが、解散間際に別に傍からかれこれいう者もない。そういえば私だって上等兵を主張出来そうである。しかし、上等兵と一等兵の給料の差額は、曹長と軍曹のそれに比べて問題にならないから、怪しげな理窟は振り廻さないことにした。

並んで待つのが億劫なので、列が少し短くなるまで散歩でもして来ようと、校門を出た。前方の石のごろごろした殺風景な空地は焼跡でなく、強制疎開の跡らしい。一体この一郭は焼けていない。

遠くに地下に石炭を持った丘や山が重なっている。石の大鳥居だけ白く光って社殿が見えないのは、焼けたのか、あるいは偉い神社で社殿はここからは見えない奥の方にあるのかも知れない。

道傍の万屋で蜜柑を売っていたが、値段を聞くと十個二十円だそうで、馬鹿馬鹿しいから止めた。比島のインフレにはどうせ明日知れぬ命で気前よく順応出来たが、祖国のインフレはなんとなく気味が悪く、嚢中の淋しさばかり感じられる。とにかくもう少し様子を見てからにしよう。

変な男に「外食券買いまっせ」と呼び止められた。これも気味が悪い。

結局一人歩きは心許なく、もとの小学校に戻った。用務員室へ湯を貰いに行く。土間に入ると、小学校の木造時代に幼時をすごした者なら誰でも知ってる、あの饐えたような臭いが（多分始終湯ばかりわかしているからであろう）鼻に来た。この時私はたしかに自分が祖国へ帰ったと実感した。

髪を引詰めにした三十すぎの婦人が白湯を汲んでくれた。収容所でたまに内地から到着する俘虜版新聞の記事によって私が想像するところによると、これは戦争未亡人か留守居の妻なのであったが、これは違った。先生であった。私が何気なく町の被爆状況などを尋ねると、

「はい、あらかた焼けて、ここはたった二つ焼け残った校舎の一つでございます。学童も疎開先から帰っておりませんので、数は少のうございますが、何せ二つで全部を引き受けるのでございますから、大変でございます」

と、はっきりした東京弁で答えた。

「沖から見て、大分建物が残っていると安心したんですが、中が焼け抜けていたんですね」

「さようでございます。七割が焼けました」

「神戸はどうでしょうか」

「ああ、よく存じませんが、どこも同じでございましょう」

『タイム』の記事によって私は神戸の被害は六五%で比較的良好なのを知っているが、私の家が焼けない三五%の中へ入っているかどうか、何の保証もない。我々が統計やパーセンテージから受ける恩恵は、結局この程度の気休めを出ないものだ。

「――とにかく、お帰りになって見なければわかりません。希望はお持ちにならないと

……」

「おっしゃる通りです」

私は礼をいってそこを出た。この先生は、私が上陸して最初に口を利いた内地の人である。そして彼女のさして敗戦の痕跡を止めていない物腰は、私をいくらか安堵させた。

やがて幹部の運動が功を奏して、袴下と外套代りに毛布の配給がある由が告げられた。元共産主義者は喝采された。しかし間もなく到着した毛布は、軍隊の使い古しのぼろ毛布で、殆んど用をなさなかった。多くの者が棄権した。幹部は裏門に袴下を積み上げ、そこから出て行く各人に渡したが、我々の顔を憶えるためというように、一人一人じっと見て、

「ここを出たら帰って来ないで下さい」

と繰り返したので、我々は気分をこわした。

私は外食券十枚、乾パン一袋に、一年分の給料二百円足らず貰ってそこを出た。これに収容所で積み立ててあった作業手当中、現金持込額限度二百円を加えたものが、私の所持金の全部である。

門を出て私は大きく背延びした。とにかくこれですべて終ったのだ。私はもう軍人でもなければ、俘虜でもない。生活の各瞬間が私の自由なのだ。不思議な気持だ。何処へ行こうと勝手だと一瞬錯覚したが、実は行先は定っていた。家へ帰るのだ。これから私の歩む

一歩一歩は即ち家へ近づく一歩一歩なのだ。

妻子とは一年半前品川駅で五分会ったままである。我々は二度と生きては会えないつもりであったが、「つもり」なんてまったく当にならないものだ。どんなに驚くであろう。神戸の家は摩耶(まや)山の殆んど山際であるから、多分焼けてはいまい。どうだかわからぬが、私が九死に一生を得て還った幸運の延長として、そいつもついでに残っていてくれても、よさそうな気がする。いや、きっと残っている。

臨時列車は波止場の引込線から出る。荷役のため片側は土を緩やかに傾けたホームには、既に復員者が群れている。便所がある。もと家畜のようにここに発着した兵隊のためのものだ。大きく深い矩形の穴の上に、薄い板を無造作に用便するだけの間隔に渡してある。穴の底には一杯汚物が溜(たま)って、壮大な臭気を上昇させて来る。ままよ、もうこんなものとも永久におさらばだ。

列車が本線へ入る前、長く野中で停っているうちに日が暮れてしまった。やがて走り出すとあとはちっとも止らないので、関門トンネルをくぐってからは、何処を走っているのか見当がつかない。窓硝子(ガラス)は至るところ破れて、風が遠慮なく吹き込んで来る。頭からすっぽり毛布をかぶって寝てしまった。

岩国も暗く、広島も暗かった。いずれも駅の附近の毀れた家の影絵が映るだけである。糸崎で夜が明けた。岡山は焼けていたが、駅からではよく見えぬ。構内に小さな石炭の山があるのを見て、前に坐った復員者が、

「何でえ、石炭もあるじゃないか」と叫んだ。

彼は洋服屋で、みんなが棄権したぼろ毛布をしこたま蓄め込んでいる。それをジャンパーに仕立てて売るのが、彼の商売再開の第一歩なのだそうである。感心なものだ。

広畑の熔鉱炉も残っている。姫路城も無事だ。列車はどんどん神戸へ近づきつつある。明石の一つ手前の大久保という駅は、妻の親類の農家があるところだ。妻はここへ疎開しているかも知れぬ。あるいはここで降りた方が確実なことがわかるかも知れぬと思ううちに、列車はするするとその小駅を通過してしまった。

須磨舞子の青松白砂は源氏の昔と変らぬ風光明媚で我々の眼をうっとりとさせたが、鷹取から焼跡が始って来た。一望赭い土と鉄と化した原に、墓石ばかり白い。昭和初年に竣工した鷹取から灘に到る高架は、鉄道省御自慢の工事であるが、十三年の水害にはこれが泥水を堰いて家々を溺れさせ、今は車窓に焼跡の展望景を与えて、旅客の心を傷ましめる。

わが復員者達は初めて焼跡というものがわかったのである。さすがにはっと息を呑んだ

顔付で、黙って忙しく左右の窓外を見続ける。

私はすがりつくように山際を眼で調べた。火がどの程度まで山を上り得るかが問題である。鷹取山の麓(ふもと)は残っていた。平野の奥に掃き寄せられたように甍(いらか)がかたまり、山膚の白と焼跡の赭の間に挟まって、一段と黒く汚く見える。山手も大丈夫だ。

汽車が遂に三宮駅に着いた時、私は自分の家が必ず残っているという殆んど確信に達した。

俘虜の仲間ともこれでお別れだ。もう一生会うこともあるまい。

「さよなら」「御苦労さん」を交わし、手を振って、元気にホームに降り立った。窓々の友人に呼び掛けながら行く。一人は、

「大岡、大岡」と忙しく呼んで、「家が焼けたって、あんまり気を落すなよ。何処でも行くとこあるからな」と真剣に慰めてくれる。

「はは、大丈夫さ、俺のとこは山の方だ。これまで悪運が続いたんだから、ついでに家だって残ってるさ。さよなら」

省線の駅から新京阪の駅へ渡る間には、露店が並び、蜜柑、大福、煙草を売っている。みんな法外に高いが、比島のインフレとは比べものにならない。前大戦後のドイツとロシヤの状態の噂(うわさ)話から類推していた私にとって、すべて意外に品物が沢山ある。

「へっ、何でもあるじゃねえか。何でえ、じゃ金さえ取って来ればいいってことか。よおし、稼いで見せるぞ。要するに稼げばいいんでしょう。稼げば」と私は殆んど声に出して考えた。かねて収容所で私が計算したところによると、帰還後私が養わなければならぬ親類縁者は十二人いるのである。

無論何をして稼ぐか復員者にあてなどあるはずがないが、いずれ月給で間に合わないとすれば、闇屋でも何でもやるつもりである。前線で生命を守るために、どんなことでもやって来た体だ。

新京阪の駅は、階段の下、ホームの隅、線路上にも、いたるところ糞がしてあった。見下す駅前には闇市場が立って、バラックの間に様々の物品が雑然と並び、何をしているのかわからないあんちゃんが汚いなりをしてうろうろしている。比島の市場と正確に同じ風景だ。やれやれ、敗ければどこでも同じことか。

電車は西灘に近づき、わが家のあたりのブロックがたしかに残っているのが見えた。町内会長の鈴木さんの庭木も、家の周囲の高級借家の赤屋根も見える。

高架の西灘駅は焼けたと見え、少し先で線路が地面に下りたところに仮の駅があった。附近はやはり闇市である。

「稼げばいいんでしょう。稼げば」と私は依然として何も買わずに呟き続けた。

上りは五、六丁ある。上るにつれて焼け残りの家が殖えて来たが、遠くからは一帯に残っているように見えても、近づくと歯の抜けたようにぽこぽこ焼けた家が混っているのがわかる。庭木だけあっても家のない邸もある。道傍のポストが倒れたままだ。いたるところやはり焼跡の狼藉(ろうぜき)である。

家に近く、電車からは無事に見えた洋館の高級借家も、博多のビルと同じく残っているのは外部だけで、中は、黒々と焼け抜けていた。油断は出来ない。最後に家の見える曲り角で、私は殆んど「一二」と号令をかけるようにして、わが家のかたへ眼を向けた。家は残っていた。三方が焼けた中に、島のように黒い甍が残っている。ざまあ見やがれ。私の足は速くなった。

見馴れた軒と窓が見える。玄関へ導く階段の手摺(てすり)も、もとのままだ。洗濯物が干してある。妻は生きている。しかし待てよ。あの干物は少し変だぞ。どうもうちでは見掛けなかったものだが。留守宅の経済では新しい繊維製品を買えるはずはないのだが。

表札が違っていた。「吉田」。なんだ、これは大家の苗字だ。出て来た婆さんは耳が遠かった。どうやら大家の親類に当るらしいが、以前の店子としての一応の挨拶(あいさつ)にも答えがどうもぴんと来ない。妻の行く先は田舎とだけしか知らない。

町内会長の鈴木さんの家へ行くことにした。幸い奥さんがいて、

「よくお帰りになりました」と縁側に招じてくれた。

帳簿には、「明石郡大久保町中ノ番菊谷百太郎方」とある。やはりさっき汽車で通った大久保の親類へ疎開していたのである。前線で受取った手紙には、「女子供ばかりで疎開をすすめられてますが、あなたと永年暮した家が去り難く云々」とあったが、空襲が激しくなってはいたたまれなかったのであろう。

「ほんとによくお子さんをお育てになりましたよ」

と奥さんは芋の切り干しの焼いたのを薦めながらいった。妻は人形と遊ぶように、子供に着物を着せたり脱がせたりするのが好きなだけなのであるが、留守中の女房をほめられるのは悪い気持ではない。

Cレーションを一組お礼がわりにおいて辞した。五時に近かった。大久保へ帰れば夜になるであろうが、とにかくこれで妻も子も無事であることは確実になった。あとは二時間という時間があるだけだ。

三宮で乗り換えた汽車は丁度勤め帰りの人達で一杯であった。車中の話は食物と闇相場に限られているのは、出征前の十九年と同じである。軍部の回顧的悪口をいうと、じろりと振り返って睨（にら）む人種もいる。

大久保の駅は暗かった。駅前から発する道をまっすぐに行くと中ノ番村である。菊谷とは妻の母の兄の家で、戦時中二、三度買出しに来たので知っている。

国道を横切って少し行き、畑中に肥壺のあるところで道が二筋に分れるのを右と覚えていた。道はたしかに分れていたが、肥壺はなく三角の家が建っている。違うかな。あたりに人はいない。ままよ、行くところまで行って見ろ。

処々点在する家々も早寝の田舎では暗い。その道をすたすたと急ぐ私は、復員服に地下足袋、背には主として船中で節約したCレーションの詰ったずだ袋と毛布を背負った姿である。しかし心は口笛を吹くほど軽い。

見覚えのある大きな門構えが並ぶところへ来た。たしかここで丁字形に突当って右へ曲ると思っていたが、道はまだ真直に続いている。念のため少し行って見ると野に出た。これはおかしい。地面はよく見ると、柔かく砂利がごろごろして、新しく出来た道だということがわかった。やっぱりさっきのところを曲るのだ。

引き返して曲ったがあたりはますます暗く、私は自信を失った。一軒の家の軒の暗闇に、女が二人立って話しているのが見えたので、訊いてみた。

「ここらに菊谷といううちはないでしょうか」

「菊谷の誰だっしゃろ」と二十七、八のねんねこで子をおぶった一人が答えた。

「菊谷百太郎」

「百太郎やったら、すぐそこだっけど、どなただっしゃろか」

「大岡です。家内が厄介になってるはずなんですが」

女の声が変った。

「ああ、大岡はん。ようお帰りやったね。今帰って来いたんだっか」

はてな見覚えはないが。

「うち誠一の嫁です」

誠一？　百太郎と呼捨にするところを見るとどうやら菊谷の親類らしいが、これも思い出せない。

「ははあ」と曖昧に返事する。

「春枝さん、今菊谷におってやおまへんで。父さんと一緒に別に家借りとってだわえ」

「そうですか」

やれやれ、またどっかへ行くのか。

「どこでしょうか」

「すぐそこだっさかい。一緒に行きまわな」

すぐそこで助かった。女は連れに会釈して先に立った。今来た道を引き返して行く。途中話すうちに誠一君が何者であったかがわかって来た。妻の伯父百太郎の三人息子のうち、養子に行った次男がそれなのである。誠一君も長男の菊一君も出征してまだ還っていない。女共は仲好く三人後家かと歎いていたところへ、私が一番乗りだったわけだ。

女達はお互いに帰って来ても知らすまいと申し合わせてあったそうである。

殆んど分れ道のところまで戻って、畑中に家のかたまった中へ入って行く。そこは私の記憶に誤りがなければ、以前朝鮮人がいたところである。一軒の二階家を指して、「ここでっせ」といったが、

「うち、春枝さん、ちょっと欺したろ」

と呟いて小走りに先へ出た。格子を開けて「春枝さん」と頓狂な声で呼んだが、やはり欺す喜びより喜ばす喜びの方が大きかったらしい。

「お父さんが帰って来てだしたで」

「足ありまっせ」といって私も続いて入った。

狭い土間から横へあがり口、そこから梯子段がすぐ二階へ続いている。正面の硝子障子が明るく、人影が動いて騒がしくなった。

真先に戸を開けて出て来たのは妻の父であった。

「ほう、帰って来たか。よう帰って来た。よう帰って来た」と涙声でいって、私の手を把

った。

義父の開けた戸口に妻とその妹と義母の逆光線の立姿が重なった。

それからちょっと記憶が欠けている。いつの間にか私ははね退けた蒲団に凭りかかり、みなが半円で私を取り巻いていている。案内してくれた誠一君の嫁さんは帰っていた。

「ほんとに、よう帰って来られたね」

と妻は笑った眼で私を見詰める。化粧してない顔は、田舎暮しのせいか何処となく薄ぎたないが、品川で別れた時よりはよほど元気そうである。もう少し感激しそうなものではあるが、まずこれぐらいでもよろしい。

「えへへ、まったくもうちょっとで帰って来んとこやったのや」

と私はさり気なくいったが、声は上ずっている。その声で、密林にマラリヤで倒れていて、どういう風に米兵に助けられたかを早口に喋った。

「よう帰って来た。よう帰って来た」

と義父は相変らず眼に涙を溜めている。五十八歳の彼は娘ばかり三人の父で、上の二人の婿の中では月給取りの私が働きがある方なのである。

「食糧足りんやろ」

と私は得意になって、Cレーションを拡げた。二階でもう寝入っていた二人の子供が起こされる来る。五つになる上の女の子は、てれて私の顔を見ない。話しかけると、泣き出した。泣きじゃくりながら、口だけは動いて、私が収容所からコーヒーの空缶に貯えていたチョコレート、チューインガムなどを忽ち平らげてしまった。三つの下の男の子はいくら揺っても眼を覚さず、妻に抱かれて、眠っている。

「金も四百円持ってるで」

「四百円何になるかいな」と義母。

「風呂入りたいなあ」

「今時どこに風呂あるかいな。風呂屋は休みや。湯沸かすさかい、拭いとき」

「ちぇっ、半月入ってへんのやで」

「今日は我慢しとき、明日菊谷で貰ったるさかい」

妻は枯松葉で沸かし始めた。面倒臭い。沸くまで待てない、ぬるい湯で忙しく体を洗うと身震いが出た。妻は裸の私を見てぞっとしたといっている。

二年振りで帰る復員者に風呂も立てられない家の貧しさだけがぴんと来た。

私の勤先の軍需会社は終戦と同時に従業員は一旦全員解職再採用という形をとり、出征者の留守宅手当は、三カ月分をまとめて払って、あとは停止となった。とにかく留守宅に手当を出すところを選ぶという私の計算も、あまりあてにならなかったわけである。義父の勤めていた下請工場は解散、今彼は退職手当を食い潰(つぶ)している。主食の補いがつかないので、妻と一緒に岡山へ米の買出しに行き、例えば一斗持って帰っては七升売って三升を浮かすという、つまり闇類似行為をやっている。

義父母と十七歳になる妻の妹、これも私が闇でもなんでもやって扶養するつもりの十二人の中に入っていたが、どうやら彼等はさっさと行動に出ているようである。

彼の兵庫の家は焼け、一時妻と同居していたが、同じく焼け出された大家の親類に追い立てられて、大久保へ疎開となったわけであるが、そこらの苦労は疎開小説にある通りであるから、ここでは省く。

飯を食った。副食にCレーションのハムを開けて見たが、家へ帰ってはもうこいつは食う気がしない。義父に譲って、私は野菜を要求した。大根の葉の漬けたのをもろに丼(どんぶり)一杯平らげた。収容所で乾燥野菜ばかり食わされていた私には、これが何よりの馳走であった。以来半年の間私の第一の好物は芹(せり)であった。

二階へ子供を寝かせに行った妻はなかなか下りて来なかった。彼女は並んで眠る子供の傍で、ゆっくり泣いて来たのだといっている。

妻と入れ違いに私も上って大の字に寝た。畳の上へ寝るのは一年半振りである。背中に当るのと同じ柔かい感触の平面が、まわりにもずっとあるという感じは、まったくいいものだ。

片づけをすませて上って来た妻は、横になりながら、

「折角もう帰って来んと諦めてたのに」といった。

意味のないことをいいなさるな。久し振りで妻を抱くのは、何となく勝手が悪かった。

「もし帰って来なんだら、どないするつもりやった」

私は今でも妻と話す時は関西弁を使う。友と東京弁で語り、横を向いて妻を関西弁で呼ぶ芸当を、友は珍しがる。

「そりゃ、ひとりで子供育ててくつもりやったけど、一度だけ好きな人こしらえて、抱いて貰うつもりやった」

「危険思想やな」

我々は笑った。

妻

昭和二十年十二月私が復員して落着いた妻の疎開先は、明石の西方一里半、山陽線に沿った大久保という田舎町である。大久保とは無論大きな窪地（くぼち）の意味であろう。駅から南へ神戸製鋼の分工場を迂廻（うかい）すると、方三町ほどの大きな沼沢地があって、葦（あし）が繁り鮒（ふな）が漁れる。しかし土地全体が海からかなり高いことは、さらに南へ十町行くと、突然切り立つような海蝕崖（かいしょくがい）に出るのでわかる。正面には淡路島がおよそ島とも思えぬ堂々たる山容で控え、左は明石の瀬戸、右は瀬戸内海の東端を飾る小島の数々が、遠く影絵のように浮ぶ、平らな海が拡がっている。

大久保の町は駅から海と反対側に向う一つの通りを中心に開けている。開けているといっても、無論何ほどのこともない。まず駅から取っつきの両側に運送店と飲食店、それから八百屋、魚屋、時計屋、雑貨屋、古道具屋なぞ半町ばかりごたごた並んだ先が、阪神国道の延長である舗装された国道と交る十字路の四隅が、煙草屋、肉屋、旅館、交番で陣取られたあたりで終る。あとは、遥(はる)か二十町ばかり先の、土地の人が「山」と呼んでいる丘陵の連った麓(ふもと)まで一面の田地となって、そここ集落の屋根がかたまっているだけとなる。

人口はどれほどあるか知らない。大久保宿が江戸時代から存在したのは、例えば伊沢蘭軒の旅日記によっても確められるが、現在の駅を中心に店舗が軒を並べているのは、主として戦争中から附近に殖えた阪神の工場の分工場のためである。

大久保は平地に載った町であるが、前述のように海面よりかなり高いので水の便は至って悪い。田圃へ入れる水は「山」の谷を何段にも堰(せ)いて作った溜池(ためいけ)から引く。その年の九月の豪雨で池の堰(せき)が切れて二十町の田畠が流された。だからいくら田舎とはいえ、この土地には今年は米はないのである。

国道が駅の東方で一つの川を渡る橋も落ちた。夜、妻と寝ているとゴロゴロと遠雷のような音が聞えて来る。

「あれ、何や」

「進駐軍が架けた橋を車が通る音。一晩で架けてしもうたよ」

姫路の米軍工兵隊は鋼索で框(わく)を吊り、鉄板を並べたのである。

わが家はその川が平地を開析した狭い流域に東面している。川は幅一間ばかり、水は石を伝って渡れるほど少いが、これはむろん山で上流を堰いているからで、農民の手が干渉しなかった頃の側浸蝕作用を示した凹形の河谷がかなり広く発達している。岸は萱が連っているが、冬その枯れた葉は農家にとっていろいろ用途のあるもので、刈取権は集落別に厳密にきまっている。

萱の列の外側は田圃である。こちら側へは約十間で終り、三間ばかりの段丘となってわが家の縁先に到っているが、向う側は半町以上も田圃が続いて、やっと同じく三間の崖となって終る。二つの道がそれぞれ段丘の裾を伝って下流に向う。

向う側の段丘の上の平坦地を横にまた一つ道があるらしく、自転車へ乗った人の上体が見える。この辺の道はすべて国道と直角に交って、丘に向っている。丘は高さ五十尺ばかり、第三紀層に属し、雨水に浸蝕されて処々悪土の形相を呈しているところもあるが、大部分松に蔽われて、附近の農民に薪木を供し、また秋は松茸を附ける。戦前は多少山気のある農家が、その松茸山の採取権を買い取り、神戸市民に宣伝して、一日採り放題いくらの遊楽を売りつけたこともある。

東に遠く長く単調なコンクリートの塀を廻らしたのは刑務所である。四隅に監視櫓があり、サイレンのラッパが外方に向いているのが見える。私がここで暮した二年の間に、サイレンは一度だけ鳴ったことがある。流行の強盗殺人犯人が逃走したのであった。我々は大いに怖れ、自警団を組織したりしたが、犯人は案外あっさりと山の松林で縊死していた。「無期懲役はいやだ」と鼻紙に鉛筆で書き残してあった。

　復員二日目に見た新聞紙の地方欄が、この刑務所の待遇について報じていたのは、俘虜として一年を過して来た私には、何となく皮肉に感じられた。二人の痩せた囚人の写真が載っていた。スパナーのように関節ばかり太くなった痩せた手足を曲げ、肋骨の数えられる胸を突き出していた。記者はむろん民主的論調をもって大いに刑吏の苛酷を非難していた。しかしその後たまに駅に到着して、旧態依然たる深編笠に腰縄で護送されて行く囚人の姿を見ては、どうも民主的改革などまだまだとしか思われなかった。

　私の入っていた比島の収容所はパシフィック一の模範収容所だそうで、給与その他至れり尽せりであった。我々は囚人として甚だ中途半端な存在であった。だから私はむしろそれら痩せた囚人を羨んだのである。

　刑務所の右に遠く六甲山塊が低く見えた。さらに右へ廻って、国道が白く野を貫いた南に、淡路の山々が連なっている。

　大久保は宮本百合子女史の名作『播州平野』の末段、出獄した夫君との再会の期待に胸をふくらませた女史が、かたり、ことり、荷馬車に揺られて行ったあたりである。

　しかし海より五十尺高い大久保の平地は本来の播州平野ではない。山陽線が大久保駅か

らさらに二里西行し、鉄路に迫った丘陵の裾を迂廻して加古川の流域に下りる、そこから
が奈良朝以来、いつも豊かに朝廷に米を捲き上げられていた播州平野である。

妻がこの家を借りるについては、なかなかの苦心があったらしい。二十年の五月、彼女
が二人の子供、父母、妹と一緒に大久保へ疎開して来たのは、母の兄に当る農家であった
が、納屋の土間へ六畳の畳を敷いて六人で暮す生活は惨めなものであったらしい。疎開者
に対する農家の仕打については、既に終戦後沢山の小説が書かれた。

今の家は「山」の奥の岩岡村の農家の所有である。この農家は現在闇パンの製造をやっ
ているくらいで、元来山気があり、戦争中大久保町の発展を見越して、この辺に五六軒の
借家を建てたが、終戦間際から多く朝鮮人によって占居されることになった。

わが家は二軒続きの二階建で、上下共に六畳、四畳半の二間、上下でそれぞれ炊事が出
来るようになっている。終戦当時一人の独身者の朝鮮人が住んでいたが、ちょっと国へ帰
って来るといって去った。そこへ留守番という名目で、まず妻と二人の子供の居住が許さ
れたのである。

岩岡の大家は遠いので「許した」のは近所の吉田という差配である。本職は明石のペン
キ屋であるが、戦争末期の材料難から、あらゆる土建関係の下請仕事を請負う何でも屋と

なり、山気のある大家と気が合って、ついでに誅斂苛酷なる差配となりすましたわけである。

しかし納屋に住んでいる妻の乞いを入れて、留守番という名目でも、ここへ入れてくれたにゆいては、彼に多少の仏心を認めなくてはならないと妻はいっている。朝鮮人は結局帰って来なかったので、後この家に義父の家族も移って来たのであるが、妻達は最初の「留守番」を楯に、吉田の絶えざる立退命令を受けねばならなかった。

彼は同じ齢の内妻と二人暮し、その唯一の趣味は夜焼酎に酔払って、日本人の店子にいやがらせをいって廻ることである。彼は不思議と一軒一軒に何か立退きを要求する口実を持っていた。普段は表に出さないが、酔うとしつこく繰り返す。しかし店子はその場をひたすらおそれ入って謹聴し、翌日焼酎の二合も持って行けばけろりと癒ってしまう。要するに酔うと威張りたくなるというだけのことである。

ビリケン頭に金壺眼、「根はいい人なんやけどな」と、店子は井戸端で歎き合う。彼の酔っていう得意の科白の一つは「日本の国体は護持されました。天皇陛下万歳」であった。

朝鮮人の店子からは何か実質的な役得を稼いでいたらしい。例えばわが家と壁一つで繋っている隣家の朝鮮人も土建関係の親分で、今は肺を病んで寝た切りであるが、寝ながらもなかなか顔が利いて、吉田に方々の焼跡整理の仕事を与えることが出来るらしい。

親分は四十一で、二十三歳の細君との間に二歳の子供があった。細君は色が白く小柄で、憂いを含んだ美しい顔をしていた。彼女の十八になる妹は反対に色黒の肥っちょで、二十三の夫とその家の二階に世帯を持ち、飴を造っていた。水をふって発芽させた小麦を、窓の下の休田に莚を敷いて干しながら、歌を歌っていた。しかし姉妹は時々喧嘩した。

妻が最初この家へ足を踏み入れた時、両足に蚤がぞろぞろ匍い上ったそうである。私が復員した十二月にはさすがに彼等は影をひそめていたが、後五月の出盛り時には、妻と二人で一晩で三十疋取ったことがある。

妻は貧乏していた。私の勤務先の神戸の造船所は終戦と共に殆んど解体し、社員は全員解職再採用の形式を取って、八割が実質上馘首されていた。その馘首組に出征者は全部含まれ、復員後改めて社歴と才能によって採否を決定される由である。

留守宅手当は三ヵ月を先払いして停止となった。インフレでその金額は何程のものでもない。私がこの会社を選んだのは、専らこの留守宅手当が目的であり、出征の時留守中については一応心配ないつもりであったが、月給取に万全の策などあるはずがなかったのである。

義父の勤めていた下請工場も解散していた。五千なにがしの退職手当で、何を始めようかと迷っているうちに、だんだん使い込んで、元工場主が繊維類の仲介業を始めた頃には、仲間入りをする資金に足りなくなっていた。それでも神戸に古い彼は多少な手蔓があって、ある工場の門衛の職を得ていたが、門衛の給料など無論知れたものである。

十七になる末娘を神戸の女学校に勉学を続けさせるのがせいぜいで、主食の闇買いする金は彼にも妻にもないので、妻と共に岡山まで米の買出しに行き、例えば一斗持って帰って七升売って三升を食べ料とするという、つまり闇類似行為をやっている。水害のため米のない大久保では米は高く売れたのである。

私は収容所で前大戦後のロシヤやドイツの状態から類推して、帰還後の生活はちょっと月給取ではやって行かれないだろうと思っていた。そしてインフレと食糧難に溺れていると想像される親類縁者が妻子そのほかに九人あった。それをことごとく闇でも何でもやって養って行かねばならぬ、と意気込んでいた。義父母と義妹と当然その中に入っていたのであるが、彼等はさっさと彼等なりに闇類似行為を始めていたわけである。

このほか私の養うつもりの親類達もそれぞれ生活の手段を見つけていた。それどころか、私は結局彼等から復員祝いまで貰ったりした。収容所における空想なぞたわいもないものであった。

妻は貧乏していたが、元気であった。私はもう帰って来ないと諦めていた。そして五歳と三歳の二人の子供は、どうしても自分で育てて行かねばならない、と覚悟してしまった。

今は主食の補いだけの闇類似行為であるが、将来は本格的な闇行為に出なければならないときめ、予め岡山の米の買入先の農家と梨や桃の仕入れについて、交渉したりしていた。

出征前に私の知っていた妻は、ままごとのように料理を作り、人形と遊ぶように子供と遊んでいた二十六歳の少女であった。それが二年の留守の間に、どうやら一人前の女になっていたのには、私は感服してしまった。

「戦争で大抵の女は女になったよ」

と私の惚気を聞いたある哲学的な友人がいった。

さし当り一カ月、私は家族から休暇を貰ったが、比島の肥った俘虜である私の体は、実は少しも休養を必要としないのである。食糧も長い熱帯の俘虜生活の結果少食の習慣がついているから、二合三勺にも不足を感じない。ただ精神は少し休養を要する。休養というより馴れるのを要する。軍隊俘虜と二年続いた動物的生活の後で、私は「人間」に戻らねばならぬのである。

例えば二頁の新聞一つ読むのに私は著しい疲労を感じた。終戦後の事態を理解するため、まず世の中の出来事を知らねばならないと緊張しているためもあろうが、まずは数千字に上る日本語を読むということ自体、精神を疲れさせるのである。収容所で私は殆んど一年日本語を読まなかったのである。

駅の待合室には「石炭増産」のポスターがはってあった。鶴嘴(つるはし)を担いで感傷的な顔をした若い鉱夫の顔が色刷りされてある。こういう緊急の必要を宣伝するのに、緑や赤の石版を使わねばならぬ、ということが何となく呑み込めぬ上に、第一今の日本にこういう染料があるということが、何か奇妙なことに思われる。近代国家の産業組織で、いかに敗戦したとはいえ、染料のストックぐらいあるはずだということが、よく考えてみなければ納得ゆかないのである。

ラジオの音楽も著しく感傷的であった。私は何か侮辱されたように感じた。この感じ方もどうも健全とはいえない。

数日後私は自分の精神を健全化する第一歩を踏み出すことにした。つまり神戸の勤務先へ出頭してみることである。


大久保から神戸までは汽車で四十分の距離であるが、二時間おきにしかない汽車の制限切符を買うよりは、省電の終点である明石まで一里半を歩いてしまう方が早いそうである。

明石まで買い物に行くという妻と一緒に出掛けた。

国道はよく修理されていた。最も印象的な通行者は、ジープその他各種米軍の自動車であるが、数ではやはり我々のような歩行者が一番多い。復員服に戦闘帽、リュックを背負ってお定りの形で、足速に画一的な歩度で歩いて行く。

私も実はその姿である。疎開した家には衣類はそっくり残っているが、復員以来最初の出頭には、どうやらこの恰好がよさそうだという演出に拠るものだ。

妻は私の一重の紺絣（がすり）をつぶしたモンペを穿（は）き、通い馴れた道で颯爽（さっそう）と行く。彼女が私の先に立って歩くのはこれが初めてである。道の両側は麦の芽を出した畠で、宮本女史の描写によれば「高く鋭いにもかかわらず、どこか軽々とした六甲の山々」がだんだん近くなる。

妻は私に弁当を作らなかったことを気に病んでいる。

「あなた、ほんとうに大丈夫」

「大丈夫さ。兵隊で癖がついているから、一食や二食抜いたかて、平ちゃらや。何も重いものぶら下げて歩くことない」

「そうか知ら。でもあたし、弁当も持たせんでて、人にいわれたくないわ」

「はは、よく弁解しといたるわ。お前かて附き合いで持ってへんのやないか」

「あたし、パンちょと持って来たわ」

「何や、インチキやな。今朝あんなに大きなことといってた癖に」

とにかく私は終戦人のようにがつがつしていないところを人に見せたいのである。

やがて右側に川崎航空機工場の廃墟が現われた。戦時中は高い木の塀を廻らして、汽車からも道からも絶対に見えなかったものだが、その塀の焼け残ったものは近所の人が持ち去ったため、ひん曲った建材ばかりの建物がむき出しである。

組立中を破壊されたのであろう。飛行機の残骸が尾翼に日の丸をつけたまま積み重ねられている。

復員者の感慨は無である。

そこから坂を降りると明石の焼跡が始まる。焼跡の観察は、復員者よりも内地の人の方が切実であろうから、おせっかいめいた描写の筆は弄すまい。復員者の眼はただ好奇心をもって、これら赤い鉄と土の屑に向けられただけであった。

中に交っている酸素容器が職業柄私の注意を惹いた。私が今の造船所に移る前の勤務先は同じ神戸の酸素会社であり、造船所でも酸素の購入が私の重要な任務であった。周知のように酸素とアセチレン瓦斯を交ぜた焔は、鉄材を熔接切断し、戦争中造機造船の重要な補助工業の一つであった。二メートルばかりの鋳鉄のチューブに圧縮し、消費者が使用を終れば容器は酸素工場に送り返されて、改めて充塡される。だから容器の廻転は直接生産高を支配し、容器は酸素会社の重要な財産の一つでもある。これが焼けて焼瓶となっては重大な損失である。

造船所はどうせ馘（くび）になるに定っているが、そしたら私はその酸素会社へ帰れるかも知れないと思っている。会社はもとフランスの特許に基いた日仏合弁資本であったが、戦争末期、海軍が合弁の一方の財閥と組んで乗っ取った。私は最初フランス語の知識によって会社に職を得ていたので、当然フランス方であり、海軍が来ると同時に逐（お）われたのである。

軍部がなくなった今、フランス人は帰り、私もまた帰れそうである。ただ五年をフランス人と日本人の間で、俘虜として一年を米兵と日本兵との間で過して来た私として、外国人はもう沢山なのである。殊に日本が敗れた今、アライド・ピープルの尻馬に乗って、改心した日本人の同僚の間に帰って行くのはいやである。

殆んど絶対に帰るまいとまで私は自分にいい聞かせているのであるが、焼跡でまず焼瓶に注意を惹かれるのは何故だろう。習い性となっただけではあるまい。やはりその「可能性」にすがりたいのであろう。要するに私は頼りない復員者なのである。

陸橋があり、下は闇市になっている。比島のインフレを知っている私は、そのべら棒な値段には別に驚かないが、復員したその日、意外に日本に物資があるのに呆（あき）れて、「高ければそれだけ金を取ればいい」と推理した時とは違って、今日は五日目、私はそう容易に金が稼げるものではないことを感じ始めていた。私は妻に様々の品物について、相場より高いか安いか、などの細目を問い糺(ただ)した。

妻はバラックの明石駅まで送って来て、切符を買ってくれ、「じゃ、しっかりやって来なさいよ」といって別れ去った。

神戸の駅で降りた時は午近く、人々は無暗とそこらに腰を下して弁当を使っていた。厚さ二寸もあるような弁当箱に白米のぎっしり詰ったのを、どういうつもりであぁ振り廻しながら食べねばならぬのか、私には見当がつかなかった。

神戸の焼跡は明石の焼跡より焼屑が大きいようである。その間をちょぼちょぼ耕して、麦や野菜を植えてある。その中に真直に通った道を長く歩くうちに、私は空腹を覚えた。

大正以来工業都市神戸の繁栄の源であったと誇っているわが造船所の大船台は、米軍が爆撃を保留したのであろう、かつて「瑞鶴」「大鳳」を収容したと同じ偉容を中空に聳(そび)えさせていた。しかし周囲の附属建物はあらかた焼けていた。

焼け残りの事務室では古顔の同僚達が、埃(ほこり)のたまった机にぼんやり向っていた。彼等の態度はよそよそしかった。月給取が解雇された旧同僚に対して、どういう顔をするかは誰でも知っている。

「本社の人事部へ行って見給え。君なんかこんなつぶれた会社へ来ないでも、どこでも行くところがあるだろう」と旧部長は弱い声でいった。

本社は神戸の元居留地にある。ここも米軍が爆撃を留保した一郭で、内部は昔ながら綺麗できちんとしている。

「えへへ、復員者は優先的に蔵ですかね」

と私は顔の白い人事課長にいった。

「さあ、そういうわけではありませんが、事情は察していただけると思います」

そして私は千なにがしの退職手当を貰ってそこを出た。この金額は私が予想していたものの倍であった。造船所へは私は四ヵ月しか勤めないで応召し、留守宅手当は二十ヵ月貰っている。その上月給の七ヵ月分の退職金を貰っては申訳ないような気がする。半民半官の会社の性質から見れば、これはほぼ国家から支給されたも同然である。

一体私は兵士として国家から二年の被服と食糧を支給され、その上、月二十一円の俸給まで貰い、比島などという珍しい土地を見て来ている。この中分のない待遇に生命の危険が伴ったのが玉に疵（きず）であったが、それも今こうして無事復員してしまえば、ざまあみやがれというところである。私は古来陽気な傭兵（ようへい）達の気持がわかるような気がする。もっとも私自身二度とこの中分のない待遇にあずかりたいとは思っていないが。

体はよく肥り、被服も二年温存してあったから、戦争末期の交通困難のため、大抵ぼろと化してしまった友人達のそれと比べては、格段いい状態にある。ただ内地生活の空白のため「優先的に」馘とは、不幸といえば不幸であるが、内地にいたからとて必ずしも馘にならなかったかどうか、あまり確かではない。「復員者は優先的に馘にするそうだよ」この呪文一つで、被馘首の引け目をつくろう利益の方が大きいかも知れない。

ただ私が今この時から確実に収入の源を失ったというのが、遺憾ながら事実であった。いくら闇でも何でもやるつもりでも、私には明日から何をするというあてがない。旧湊川の干上った三角洲の突端にある造船所から、新湊川の河口に近い酸素会社へ向う焼跡の道をたどりながら、私はまた空腹を感じた。

酸素会社の古い同僚達が私を見る眼には、新しい「可能性」の荷い手に対する好奇心と畏怖が交っていた。しかしかつての海軍と財閥に阿諛していた幹部達は落着き払っていた。海軍は去ったが、財閥は残っていた。彼等は財閥がいろいろな形で会社に固定さしている資産の監視者という新しい任務に安んじていた。資産というものが没収でもされない限り、処置になかなか手間のかかるものであることを、彼等はよく知っていたのである。

将来の大きな方向は決定していると思われた。しかし重役でも平社員でも、すべて一定の給与によって生計を樹てている人達には、将来の大方針のため、目前の利益を無視するということは出来ないものである。

平社員も毎日の生活に追われていた。ある者は彼自身と家族の栄養失調を解決しなければならず、別の者は肺の疾患を押して往復八時間、疎開地から通勤するという状態を改善するためにやっきになっていた。彼等は要するに私の「可能性」にかまっている暇はなかった。

私は御愛想に彼等に明石の焼跡で見た焼瓶の話をしたが、

「ほんまにうちの奴かな。でも、大抵の焼瓶やったら、水圧試験やり直したらまた使えまっさ」と冷淡にいった。

フランス人の到着にはまだ一年の間があるそうである。それまでGHQの指示に従って、会社は当らず触らずの方針で運営されるらしい。全国の工業都市にある工場の三分の一が失われていたが、生産力は戦争中に海軍の手によって倍加されていたので、会社はなお戦前を上廻る生産力を持っていた。会社は未復員者に対し留守宅手当を払い続けていた。あてどのない挨拶を投げて事務室を出ると、私が当分ここでは「可能性」、つまり「余計者」の域を出ることが出来ないのを知った。

しかし旧同僚の一人は私が弁当を持っていないのを見て、応接室へ呼び込んでパンの食い残しを薦めてくれた。私は兵隊上りの胃の腑の調節の「可能性」を誇張して話し、妻の立場、つまり家の貧乏を擁護するのに骨を折った。しかし私は結局そのパンを食べたので、相手は私の負け惜しみを憐むような顔をした。

千円ばかりの金は当時の田舎の生活では一ヵ月以上を支えられる。上京して東京の友人に会って来る旅費も出そうだ。妻は「まあ、いいやないの。永いこと苦労して来たんやから、ひと月ぐらい、何も考えんと遊んでたらいいわ」といった。

復員を知らせた東京の酸素会社脱退組の同僚達は「ナゼカエッテキタカ、バカヤロ」と祝電を打って来た。配達夫は「こんなつまらん電報打たんようにいってやって下さい」と怒って帰って行った。

旧い文学の先輩や友人は寄せ書きを送って来た。

「レイテへ行ったと聞いて、みな君の夭折を惜しんでいたところだった」

夭折とはおかしい。私はもう三十七になろうとしている。出征する時も、私はほぼ人生の最上の可能性を通過し、死んでも別に不満はないと思っていた。私は何事も志を立てたことがなかったのである。

暮が迫っていた。いくら敗戦したとはいえ、みな師走正月は忙しいであろうから、松が取れてから上京することにきめ、それまで妻のいう通り「遊んでいる」ことにした。体は休養の必要はないのであるが、とにかく少し待たねばならぬ。何を待つか、それを考えて見ようと思った。

私は毎日、新聞を隅から隅まで読み、ラジオを聞き、土地の農民の繁栄に感服し、妻の体に馴れて暮した。これは我々にとって第二の結婚であった。私は淫佚(いんいつ)になった。休養といっても、みながそれぞれ働いているのに全然何もしないでいるわけにも行かない。私は三日目ごとに薪木を「山」へ採りに行くことにした。

家の前から一本道で一つの集落を越し、広い田圃の中を十町ばかり行って初めて山へ着く。妻と上の女の子を連れて行く。

五つになる女の子は、二年の間にすっかり成長して先に駈け出して行く足取りもよほど確かに見える。こんなつまらないことでも、子供が一人立になって行くのを見るのはいい気持のものだ。

低い麦の緑の揃(そろ)った野中の道はなかなか遠い。

十二月の朝の空はよく晴れて、行手に連った丘に松が光っている。顧みれば耕地の間に集落村落が、それぞれ寺の甍(いらか)を聳えさせているのが見える。

野に進み入るにつれて、見渡す聚落(しゅうらく)の数は殖え、従って寺の屋根も殖えて来る。しかしそれらの寺も近頃寄附者の数が減り、多く荒れ果てている。

麓に溜池が一つ殆んど干上っているのを横に見て、上りにかかった。淡褐色の土が雨水の跡を条に残して、ぼろぼろに崩れかかっている間を上ると、漸(よう)やく灌木(かんぼく)が道の両側に繁っている。所々蛸壺防空壕（たこつぼぼうくうごう）ほどの縦穴が口を開けているのは、戦争末期ガソリン缶を埋めた跡だそうである。缶は終戦と共に何者かによって掘り出され、何処かへ運ばれて行ったが、近所の農民で夜機敏に掘り起し、隠匿している者があるそうである。

松林が始って来た。松はそれぞれ姫路や阪神に不在持主がいる。しかし枝を折ったり、落葉を掻（か）き集めたりするのは黙認されて、大久保の農民に薪木を提供していたが、疎開者が来だしてからは伐採者が殖えて、木は大抵下枝を失った頭でっかちになり、地面は綺麗に掃き清められている。こんなところで苦労して採るよりは、官林へ行こうという、妻と出掛けからの申し合わせである。

官林は松山の懐に抱かれて「上池」を廻った奥から発し、遥か岩岡の村まで十町以上も深い。森番は大久保のある集落の通称「源やん」という人物であるが、彼の毎日の見廻り時刻はきまっている。正午頃から山にかかり、奥まで行って、五時頃引き返して来る。だから我々は一時から四時までの間に、官林の取っつきで仕事をすましてしまえば、彼は少しも恐るるに当らないのである。

官林はさすがにあまり人が入らないので、木々のたたずまいなど、何となくおどろおどろしく、下枝など無論よく垂れ下っている。子供は松笠を拾い、妻は落葉を掻く。私は鉈（なた）と鋸（のこぎり）で下枝を採りながら、だんだん奥へ離れて行った。

静かであった。冬の日射が、松の幹の間から照り、枯れた草や雑木を光らせている。私は鋸を投げ出して寝転んだ。

比島の密林も静かであった。あの時も私は今と同じくひとりであった。ただあの時、私の体は病み、あたりは緑一色であった。そして死を待っていた。

今私の周囲は枯れた冬の林である。そして私は生きている。やはりひとりであるが、いつまでも生きるつもりでいる。遠く妻と子供の気配が、干(かわ)いた空気を通して聞えて来る。ひそひそと動いている。

子供の声がする。

「かあちゃん、もっと池の方で掻こか」

あまりの静けさに怯(おび)えたらしい。妻のなだめる言葉が呟(つぶや)くように聞える。私は生きている。

面倒臭え、こいつを切り倒してしまおうか、と私は頭上にかぶさる松の枝を見上げながら考えた。二年の食糧と被服と留守宅手当、ついで松の木一本、お上から頂戴(ちょうだい)してしまえ。

手頃な細い木を根元から鋸で引き出した。刃は幹に喰い込むに従って、脂でねばり、引きにくくなったので、妻を呼んだ。

「まあ、何してんの。倒したらおこられるよ」

「下枝かておこられるのん変りあらへん。もうちょっとや。この幹をちょっとこの反対へ押しててくれ。ねばって引かれへん」

妻は呆れたように立っていたが、黙って幹に両手を掛けて体の重しをかけた。鋸はすらすら動いて、やがて木はどさりと周囲の木々の枝を揺って倒れた。

素速く枝を払い、六七寸に短く引いてしまった。そして用意のずだ袋にしまうと、もろに背負った。鋸は袋の上に積んだ枝の間へ差し込んだ。源やんの帰って来るにはまだ間があるが、

「はよ行こ」

と妻をせかして、帰途に就いた。

それでも四時を廻っていた。冬至に近い十二月の日はすでに落ちかかり、金色に染った雲が、池の水面に反射していた。

山の降り口に展望が開けた。遥かに明石の町と煙突が、大久保の台地より低く、水際に押しやられたようにかたまった先に、明石の瀬戸が燻銀（いぶし）に光り、淡路の山々が青く霞（かす）みかけていた。

いつか風が出て来た。北に六甲を背負った阪神は無風でも、須磨明石の鼻を廻った以西は、冬、西風が優越する。大久保は午前はどんより落着いた天気でも、午後は大抵風が出

て来るのである。

風はそれから夜通し吹いて、硝子戸の立てつけの悪い我が家へは、張り廻した防空カーテンのお古を、天井まで吹き上げるくらいの勢いで吹き込んで来る。室の温度は外と同じに下ってしまう。親子四人は、ただ蒲団をすっぽり頭から被って、寝てしまうより手はない。

下池の堤で休んだ。それぞれ立ったままで荷の尻が土手に当る高さのところを選ぶので、妻と私の位置はかなり離れている。

黙って瞼を落して目の前の道を眺めている妻の顔に、私は悲哀を読んだ。二人の子供を持ち、かつ生業のはっきりしない両親を持った娘として、私の出征中、いくら「女になった」とはいえ、彼女が心に持ち続けて来た悲しみが、私にはわかるのである。夫の私はやっと帰って来たが、将来の生活に何の見通しもない。ただ官林の盗伐に良心を咎めない不逞だけがその才能である。

ままよ、私としてなるようにしかなるものではない。

「おい、行こう」

野中では風はさらに強く、背負った松の枝が凧のように煽られるのに抵抗して進む。埃っぽい道を踏む地下足袋に、よほど力を入れないと飛ばされそうになる。私の心臓はマラリヤのため弱っているはずであったが、これだけの荷を担いで歩けるなら、もう大丈夫だ。
頭を伏せ、風に向って進む私の口を突いて出るのは、習い覚えた軍歌である。

行けど、
行けど、ぬかるみ
何処まで続く。
「青」よ、頑張れ。
戦いだ。

「ぬかるみ」は今でも私の前に何処までも続いているが、此頃はあまり軍歌だけでは片附かないことの方が多くなった。
ああ、あの頃、復員時代は呑気（のんき）であった。

帰郷

姉

昭和二十年の暮、明石附近の妻の疎開先に復員した私が最初に出頭したのは、むろん私の収入の源である神戸の勤務先であったが、次は和歌山市に住む姉を訪れる順序である。満洲にいた弟夫婦が消息不明の現在、姉は日本にいる私の唯一の身内である。

昭和十九年三月、私が教育召集で東京の部隊へ入営したのは、当時東京にあった姉の家からである。姉は折柄某私立大学の教授である義兄と離婚係争中で、寄寓（きぐう）してその紛糾に巻き込まれていた私は、応召がむしろ有難かったくらいである。

三ヵ月の入営中に離婚は正式に人事調停裁判にかけるところまで進行したらしかった。しかし戦況の悪化に伴って私の面会が不定期となり、とうとう姉とは会えなかった。事件解決に先立って郷里和歌山へ帰ってしまったので、手紙では委細は尽せなかった。そして私はそのまま臨時召集に切り替えられ、出征してしまった。

　復員後妻に聞いたところによると、離婚は成立した。以来姉は和歌山で養母の、母方の大叔母と二人で暮していたらしいが、戦災疎開の間に妻との連絡は切れていた。

　姉と大叔母も私が収容所で帰還後養って行かねばならぬと空想していた親類縁者の中に入っていた。和歌山市の中心部にある大叔母の家は、間違いなく戦災で焼けたであろう。大叔母の貯金も、インフレでものの数ではあるまい。七十四歳と四十二歳の独身女性は途方に暮れているであろう。

　妻が姉から受取った最後の手紙は、妻がまだ神戸から疎開する前だったという。私が出征して不用になった室を人にでも貸して費用を節約しようかと思うが、出征する時私から戦争中のややこしい時節に家へ他人を入れるのは間違いのもとだから貸さなくてもいい、といわれているのでよそうかと思っています、と妻が感想をいってやったのに対し、そんな甘い考えで留守が守れると思いますか、行ってしまった人のいいつけをそのまま守ることはない。残った者は残った者で身を立てることを考えねばならぬ、空いた室があるならさっさと徴用工員なり何なりに貸しなさい、ときつい口調でいって来たそうである。

　妻は涙を流し、返事を出さず、室を貸さなかった。

「相変らずしようがない奴だ。俺が貸さんでええいうたら、貸さんでもええのや。よし、和歌山で会うたら、ちょといや味いうたろ」

「そんなこといわんといて。あたしの口から出たいうて、またおこられるわ」

妻は元来姉の気に入らぬ嫁である。日本的家族制度のどういう特質から発しているか知らないが、姑小姑と嫁は互いに気に入るも入らぬもない、最初から憎み合っているのである。そして私が姉の別れた夫に対して抱いていた嫌悪もまた同じところから出ていた。

義兄は我々と同郷の和歌山県の出身であるが、わが一家が和歌山市とその近郊に住んで、かなり大阪化した都会的風習を持っていたのに対し、彼は有田郡の蜜柑（みかん）作りの農家の出で、生粋（きっすい）の農民であった。次男であった彼は学を志して、広島の高等師範経由で、東大理学部卒、東京の某私立大学の数学教師になった。彼が姉と結婚したのは、ある職業的仲介人の世話で、むろん昭和三年で一万円の持参金が目的である。齢は当時二十四歳の姉とは八つ年上の三十二歳であった。

背は中背、がっしりした骨組、よく肥っていた。色は白い方であるが、厚い皮膚には齢より早く皺（しわ）が寄り、脂が浮いていた。むろん当時十九歳の文学青年たる私の気に入るような洒落（しゃれ）た話の出来るわけはないが、声はその体格に似合わず女のように細く優しく、始終「へへ、へへ」と笑っているのが、虫唾（むしず）が走るようにいやである。

礼儀正しく深く叩頭（こうとう）したが、頭を上げる時に心持首を横に向ける癖があった。「俺は今お前にお叩頭（じぎ）なんかしているが、俺には別にお前みたいな奴に頭を下げる理由はないんだ、お前なんかなんとも思っちゃいないんだぞ」といわんばかりであった。

当時私の理解していたところでは、礼儀という社会的慣習に忠実であることは、相手を尊敬する術であると同時に軽蔑（けいべつ）する術でもある。相手を軽蔑していればいるほど、叩頭は深く丁寧であることもある。そしてその際、実は相手を軽蔑していることを少しも窺（うかが）わせなければばそれだけ、軽蔑は完全なのである。叩頭してちょっと横を向く動作は、そういう軽蔑の技術に徹し切れない精神の弱さを示していると思われた。

私はこれがいかに頼りにならない人物であるか、つまり夫として危険であるかがわかった。私は極力反対してみたが、高等学校の学生の理窟（りくつ）が一家の中で何ほどの力があるわけもなく、話はどんどん進行した。

我々の方にも弱味があったのである。姉は容色があまり秀（すぐ）れない上に体が弱く、当時の通念では、少し齢が進みすぎていた。それに姉の戸籍はやや複雑であった。

姉は八歳の時、母方の大叔母の養女になっていた。そして大叔母は和歌山市の中心に近い遊興地の料亭の女主人であった。そういう水商売の家から嫁を迎えるのは、いくら金のためとはいえ、理学士にとって多少の体面があったのであろう。親代りと称する帝大理学部教授は、籍を一旦大岡へ帰してから貰（もら）いたいといって来た。

この意を伝えると大叔母は怒ったそうである。そもそも大叔母は私達の母を父のところへやるのに反対であった。父は和歌山市近郊の地主の三男坊であるが、若い時から山気が多く、祖父に強いて予め財産を分けて貰うと、まず和歌山特産の一つであるネルの卸商に失敗し、米相場に失敗し、日露戦争には御用商人として大連へ行ったが、これも熱病で入院しただけで帰って来た。挙句のはては夜逃げ同然に母と姉を連れて東京へ出て、兜町の株式仲買店へ勤めた。

私はその当時生れた長男であるが、家の貧しいのは幼な心にもわかった。父は毎日機嫌が悪くよく私を打った。我々はあらゆる東京移住者のようによく引越したが、ある日母が御用聞のような男に平身低頭して謝っていたのを憶えている。前の家の附近の八百屋が掛金を取りに来たのだと後日聞かされた。小遣いが貰えないのは申すまでもなく、玩具もよその子供のように与えられなかったのが、子供心に何となく不当のように思えたものだ。姉が和歌山へ貰われて行ったのは、母方が女ばかりで、大叔母が独身であったためばかりではなく、そういう父の窮状を救う意味があったらしい。

和歌山から送って来る姉の写真は、振袖を着て美しく撮れていた。三歳の時に別れて私は姉をよく覚えていなかったが、そういう美しい姉を持つことに私は誇りを感じた。

ある時しかし大叔母と一緒に上京して来た姉は、丈の低い色の黒いおきゃんな娘であった。母は道楽者の父に望んで貰われただけに、かなりの美人である。姉は父に似ているといわれた。殊に鼻が低かった。子供の時夜中に何か鼻がむずむずするので眼をさますと、母が懸命な顔をして鼻をつまんでいた、と後で姉は笑いながら話した。

そのうちに父は株で当てて、兜町に仲買店を持つようになり、渋谷の松濤に家を買った。女学校を出た姉は上京し、父方の叔母が教師をしている女子大に通い出した。姉は養家の空気がいやで、脱出したいと思ったそうである。彼女は文学を愛し、二、三はかない片恋をし、叔母のように女教師となり独身で通すことを夢みた。彼女の志望はやがて胸を病んで挫けた。女子大も中途で退学し、暫く東京の病院で療養した後、和歌山へ帰って行った。

しかし年頃の娘は、一度東京の空気に触れてしまうと、田舎にいられるものではない。病い癒えた姉はある時なんとなく上京すると、そのまま渋谷の家にいるようになった。長唄をならい、母と歌舞伎へ行った。

そこへ縁談となったわけである。これまでのいきさつを考えると、大叔母の怒るのも一理があった。しかし大叔母は二十歳前から一人の保護者を守り続け、一本立の商売を続けて来た勝気の人である。最初無理やりに母を連れ出した父が、今また一旦くれた娘を返せというのなら、いかにも籍ぐらいほしいけりゃくれてやる。ただ自分は女一人で老後が頼りない身の上であるから、隠居するところは姉のところにしておいてほしい、といっただけであった。

結婚式は赤坂の二流の会館で行われた。食卓に出た三鞭酒をいきなり飲んでしまったら、あとを注いでくれないので、私は空の杯で乾杯した。

食後休憩室で私は新しい義兄に、「お目出度うございます」といった。妻の弟から結婚式の後で聞くにしては、これはかなり変な挨拶である。彼はいやな顔をした。

姉夫婦は父が盆栽いじりのため下北沢に建ててあった別邸に入った。二、三日して里帰りで帰って来た姉は著しく感傷的であった。最初からこの結婚に反対であった私に何かいいたげであったが、私は自分の反対意見が一顧もされなかったのは結局、姉にあの馬鹿な男のところへ行く気があったからだと思っていたから、ことさら知らぬ振りをしていた。

しかし、それから二、三日して私の方で姉夫婦を訪ねた時は、姉は打って変って快活であった。義兄を交えた食卓で義母の家で覚えたらしい蓮葉な口を利いたりした。私は裏切られたような気がした。

二年して子供が生れた。姉を含めて誰も他人は愛していないように見えた義兄も、子供には眼がなく、姉はよく子供の取扱いが粗末だと叱られていた。よく肥った大きな子であったが、三歳の時から神経性の消化不良が始まり、二年間両親を痩せさせた後死んで行った。子供はその間にも智能が育って、死際には姉の命じる節食の処置に、進んで忍耐で協力するようになっていたそうである。最後に何グラムかの煉乳を与える与えないで、夫婦の間に論争があった。与えないと栄養が摂れないが、与えればまた下痢が始まって、いつ恢復するかわからぬ始末になるのである。遂に与えないという姉の意見が通り、子供は飢えて死んだ。

義兄は死骸の前で、

「母親がどうしてもやらんといってきかんので、坊やは聞き分けて死んだ」といって涙を流していた。事実上これがこの夫婦の終りであった。

疲労から姉はまた胸を悪くした。死んだ子の看護に必要とした食物の分量と時間について綿密な計算と注意の習慣を、姉は自分の病気にも適用した。病気はさして重くはなかったのに、声を出すのを怖れ、囁き声で話した。この辺から私は姉が多少精神の健康を失ったと信じている。義兄は看護婦に手をつけ、姉が感づいて暇を出されると、外へ囲った。子供が出来ていたのである。

この間に私の家では母が死に、父も妾を持って、やはり子供が出来ていた。そして恐らくそういう出費をカバーするために、暫く遠ざかっていた株で冒険をやって失敗をした。それまで親類からいわば恩恵的に高利で借りてやっていた金もなくしてしまった。

姉の持参金の一万円もやはり毎月一定の利子だけを渡していた。これも払えなくなったばかりか、夫婦に住まわせてあった家も売らなければならなくなった。

義兄は病床の姉を責め、姉は和歌山の大叔母に訴えた。大叔母は恐らく父への面当てであろう、ぽんと経堂に家を買ったが、名義まで義兄の名前にしてしまったのは、少し早計であった。

家の価格は三千円であった。義兄はまだ七千円大叔母から引き出す権利ありと思ったらしく、教科書の出版をやりたいといい出した。

彼がこういう山気を出したのも、やはり教師の俸給だけでは、妾と子供が持ち切れないという実際上の必要から出たものであったろうが、計画は甚だ空想的であった。

彼の計算はことごとく羨望から出発していた。彼はそれまでに二、三度小出版社の委嘱を受けて、代数の教科書を編纂（へんさん）したことがある（そんなものを書く暇があるなら、論文を書いて博士になってくれ、と姉はいったそうである）。彼は本屋が多く儲（もう）け、著者が少なく取るのを発見した。そこでもし自分で書き出版するならば、大いに儲けることが出来ると想像した。

大叔母は金を出してくれた（しかしそのかわり姉は以前父に買って貰った指輪を大叔母に預けなければならなかった）。義兄の出版業はまず水晶の印判を作り、顧客の憶え易い振替番号を買うことから始まった。それから中等教員の教材作成参考用の本を作った。全国の中学校へ出す案内書の宛名は病後の姉が書いた。本はしかし出版部数の三分の一しかはけなかった。

義兄の計算によれば儲からないのは印刷所へ支払ったからであった。印刷も自分でやれば、三分の一しか売れなくても確実に儲かるのである。そこでまたいくつかの指輪が大叔母に渡り、納屋を改造した印刷工場が出来、古活字が買い込まれた。我々一族は各々名刺を三百枚ずつ貰った。

しかし次に出した本もやっぱり儲からなかった。結果は姉が病気を再発して寝込んでしまったということだけであった。

「お前さん達は自分で働いた損を勘定に入れてないんだよ」と私は嗤ったが、しかしもともと農民であった義兄が、自分の体力の消費を計算に入れてなかったのは当然であった。しかし彼は私の考えている以上に、巧妙に立廻っていたのかも知れない。この間彼はいつの間にか妾のために東京市内にアパートを一軒買ってあったことが、あとでわかった。

昭和十二年に父が死んだ。父は妾宅が持ちきれなくなって、四人に増えていた子を一緒に家に入れ、私は外に下宿していた。

借財を残して死んだ父の長男の立場は面倒なものである。十万に近い金はしかし兜町の昔の仲買人の仲間から借りた、いわゆる博奕場の金と、あとは親類の委託金で成り立っていたので、私は限定相続はしないですんだ。

葬式もどこへも知らさずに内輪で行うつもりであったが、出入の者にすすめられて兜町仲間に通知してみると意外に多くの参列者が、下北沢の盆栽いじりの小屋を改造した小さな家に詰め掛けた。

私は自分が死んでもとてもこれだけの人に来て貰える自信がなく、初めて父を少し尊敬する気になった。父はいわゆる内より外にいい型で、意外な知己があったのである。

姉は葬式に来なかった。病気が重いということだったが、「匍(は)ってもお父さんの葬式に出ない奴があるか」と私は通夜の酒に酔払って意気まいた。私は債権者兼親類と式場をうろうろしている妾と四人の異母弟妹の間に入って、少し癇(かん)が立っていたのである。

しかし姉の立場になって考えると、これまで姉が父に受けた恩といえば、生んでくれたということだけである。幼い時から養女に出され、嫁入支度はしてくれたが、約束の持参金を払ってくれないため、夫の道楽を黙認せねばならぬ上に、一旦後足で砂をかけた養母にまた頭を下げて行かねばならぬのである。彼女が葬式の場で、父のために親類に気を使う気にならなかったのも無理はない。

しかしとにかく父の死は私達にとっては、経歴に区別をつけたものであった。保険金と現に父達の住んでいた家で親類の借金の一部を返し、私は家財を貰い、在学中の弟は電話を卒業までの学資とした。妾は保険金の一部を手切れに貰い、自分の四人の子を自分の養子として引き取ることを承知した。要するに父はなかなかうまく借金をしてあったのである。ただ後に残った私と弟は、永久に親類に頭が上らないことになっただけである。

そして私は神戸のある工業会社へ就職し結婚した。私は三十歳であった。それまで何故ぶらぶらしているか、という友人の問いに私は答えたものだ。

「ここで俺がいくら身を固めたところで、おやじに七つを頭に四人の子があったんじゃ、つまり俺は女房も貰わないうちから、子供だけ四人あるようなものさ。身を固めちまえばそれを背負わなきゃならない。ぶらぶらしてれば、まわりでがっかりして、何とか勝手に身の振り方をきめるだろう」

この話を伝え聞いた父は、「昇平は俺の子を見てくれる気があるらしい」と喜んだそうである。四人の子を端くれ金で妾におしつけた途端に、私が身を固めてしまったのは少しインチキであった。

父の妾はその金を元手におでん屋を開き、案外盛大になったが、子供はやはり老年の子で今は二人しか残っていない。

神戸へ移った私は、それまであまり行ったことのない和歌山へよく行った。大叔母の家へ行けば、酒をいくらでも飲ませてくれる上に、必ず小遣いをくれる。大叔母は商売柄端正な顔をしていて、なかなか頭がよく、普通の女の話のように馬鹿馬鹿しいところがないのが、私は好きであった。殊にこれは私が愛慕していた母の、ただ一人の血のつながった人である。もっとも性質は全然反対であるが。

母が父との間をせかれて、和歌浦を徘徊した話を、「どうせ狂言やけどな」と註をつけて話してくれた。それほど執心した父と晴れて一緒になって、父が大阪へ連れて行ってやろうといった時、母が断った話。「こんな器量の悪い人と大阪を歩くのは恥しい」といった話なぞをしてくれた。

私はよく義兄の悪口をいったが、大叔母は取り合わなかった。「まあ、ああしてれば文子（これが姉の名である）も大学の先生の奥さんでいられるんやから、ええやろ」といった。要するに大叔母にとって東京のことは将来のための捨て石であった。

ある時姉夫婦が和歌山へ来て、私に呼び出しがあった。用件があった。今のままでは大叔母に相続人がない。大叔母ももう齢ではあるし、いつ死ぬかわからないから、姉の籍を抜いて、もとの養女にしたい。しかし姉は大岡から嫁入りしているので、一旦籍を私のところへ返し、改めて大叔母の方へ養女に入れねばならぬのである。要するに橋渡しに私の判が要るのである。

私は事件に少し臭いところがあると思った。義兄に妾がある以上（妾に子があることも、アパートをやらせていることも姉は私に黙っていた）、籍を抜いてしまえば、彼の責任はなくなり、姉はいつ追い出されるか知れたものではない。しかし一方大叔母の気心も、永年一人で暮して来た人で、ちょっと我々にはわからないところがある。財産は十万ほどであろうが、そういう人に有りがちで、周囲に男や女の取り巻きがうようよしていて、「かあさん、かあさん」といっておだてている。そういう現在身近な人達から、大叔母がいつ養子を取る気になるか知れたものではない。大叔母が東京の姉を相続人にしようという気になったのが、むしろ有難すぎる話だ。大叔母の気の変らないうちに、早くきめてしまった方がいいかも知れぬ。それだけ我々が潤うということではないか。

　私は何もいわずに「結構です」と承知してしまった。話は義兄を抜いて大叔母と姉と三人でしたが、話終ってそれぞれ室へ引き取ってから、義兄が姉の室の襖を開け、何か長く立話しているのが聞えた。私はこの件が義兄によほどの利害があるなと直感した。

　やがて東京へ帰った姉から送って来た書類に、私は盲判を押して送り返したが、念のため義兄の戸籍謄本を引いてみると、庶子が二人入っていた。そこで私は怒り出した。姉がそれを私に黙っていたことを怒ったのである。籍が抜けたのが機会だから、断然別れてしまえ、というのが私の主張であった。

　妾に子供があることは義兄に行く行くは姉と別れる決定的な因子と思われた。義兄のような農民の意識では、子供は夫婦生活で不可欠の要素なのである。いずれ別れるならば、今別れてしまった方がよい。それを義兄が今別れようといわないのは、今離婚問題を持ち出せば、事が荒立つほかに、慰藉料を出さなければならないからで、相続問題にからませてうかうか籍を抜かせられてしまったのは、我々が一杯かかったわけだ。これ以上義兄の家で時間を空費することはない。大叔母の財産を継ぐ上は、早く和歌山へ帰って、そこで何とか身を立てる基礎を作っておくべきだ、というのが私の主張であった。

私が手紙でいってやった意見に対して、姉は反対して来た。なるほど妾に子供があるのを隠しておいたのは悪かった。しかしそれはいってみれば、我々夫婦の間の問題だ。自分には今夫と別れる気はない。籍は抜けても、夫が今まで通り自分を正妻に立ててくれる以上、妾は妾、自分は自分でやって行けるつもりだ。

「絶対に後悔しません」と姉はいって来た。そこまで姉が欺されているのをみて、私はさらに危険を感じた。万一不意に大叔母が死んで姉が財産を継いだとしても、今の様子ではまた義兄の出版業かなんかに、吸い取られてしまうのは目に見えている。そして挙句の果は唐傘一本で放り出されるのが落ちだ。その時お姉さんの身柄を引き受けなければならないのは私ではないか、私のいうことも聞きなさい。「姉さんは病気からこっち、少し頭が変なんだから、人のいうことを聞くようになさい」と私はいってやった。

姉もさすがに動揺して方々東京の親類に相談して歩いたらしい。義兄は親代りの大学教授の家へ行き、「昇平坊主が私達の愛の邪魔をする」といったそうである。

相談を受けた従兄は私に書いて来た。

「文子さんは将来は昇ちゃんの世話になる人だと思うけど、どうも当人はそうは思っていないようです」

将来いくら私の世話になるといっても、当時私は百五十円の月給取にすぎず、義兄は戦時的理科景気で三百円近く収入があるのである。

「結局は和歌山の大叔母さんの意向次第だと思いますが如何でしょう」

大叔母は簡単に今まで通りにしていたらいいといった。

「今ここで帰って来れば、ただの文ちゃんやが、東京にいれば奥様やから。先のことはまた先にしたらええ」

三年の後果して姉は唐傘一本で追い出されたが、それまで姉を扶養しただけ義兄の損であった。そしてそれだけ大叔母は儲けたので、結局大叔母が賢明だったわけである。

こうして姉夫婦と私は義絶同様となった。私は名目だけの無力な家長が馬鹿らしくなった。家の廃止に私は賛成である。

しかしそれでも姉弟は姉弟である。一年ばかり経って大叔母の御機嫌伺いに帰った姉から呼出状があると、私は子供を連れて遊びに行った。手紙では「後悔しません」「勝手にしろ」でも、会ってみれば何ということもない。

「どうしてるんだい。こんど兄貴は何を始めたんだ」

義兄は戦争で生産が停ったため意外に値の出ていた古活字を売り、その金で印刷工場を改造して室を造り、姉と女中に学生相手の下宿屋をやらせていた。妻と妾の両方に下宿屋をやらせる成上り者の腕前に私は殆ど感心してしまった。

一方姉はいわゆる「奥様」の交際に熱中しているらしい。交際範囲は主として遠縁に当るキリスト教一家や、仲人の大学教授夫人などから成り立っているらしかったが、実質的に下宿屋の主婦が、背伸びしてみても始まらない。よせばいいのに、と私は思わざるを得ない。

殊に親類は父の借財の関係で、私と弟は顔出し出来ない状態にある。そこへ父の葬式にも出なかった姉が、和歌山の大叔母の財産を背景として、出入りしているのは、私として甚だ面白くないところである。

とにかく姉のやることは依然として面白くないことばかりであったが、すべて妾を蓄えた夫を持つ妻の気晴しとしてしようがないだろう、と思うほかはなかった。

十九年の初め、私は東京へ転任になった。家は無論ないので、妻子を神戸へ残して単身赴任である。私は姉の下宿屋へ一時寄寓を申込んだ。

下宿は学徒出陣のあとだから本郷辺の学生宿へ行く気ならいくらでもあったが、私が殊更姉の家を選んだのは、姉の家の様子を一度この眼で見なくてはならぬと思ったからである。問題以来私はたまに上京しても、姉の家へは寄らなかったので、その後のことを、私はすべて姉の口を通じて聞くだけである。お人好しの彼女が義兄を庇って何を隠しているかわからない。もう三年経っている。とにかくこの眼で確かめなくてはならない。

私が表向き提出した住宅難と経済的理由に対して、姉は悲痛な承諾の返事を寄越した。着いて見ると義兄はいなかった。当分妾宅泊りの由である。姉はその方が結局さばさばしていい、といっていた。気にも留めない様子であった。久振りで姉の室へ入って、まずぞっとさせられたのは、四方に懸け連ねた聖母子像であった。ラファエロの名画から、現代のわけのわからぬ石版画に到るまで、あらゆる聖母子像がそこにあった。マドンナもこう沢山一室に集められて見ると、少し気味が悪い。

私はやはり最初の子供を失くしたのが、姉にとって決定的な打撃であったと思った。そして義兄はその後姉との間に子供を作ろうとはしなかったのである。

死んだ子供が神経性の奇病で死んだのは、我々の家の血統が悪いからだから造らない、といっているそうである。これも私には将来姉を離婚する時、いざこざの起きないための準備工作としか思えない。私がそれをいうと、

「そんなことないわ。あの人が体面を保って行くには、やっぱりあたしがいなくちゃ駄目なのよ。看護婦さんには大学教授夫人の交際は出来ないからね」

「どうも姉さんの見栄坊には困ったものだね」

「あの子さえ丈夫でいてくれたらね。あたし達の血、たしかに濁ってるかも知れないのよ。お母さんは、なんていっても大叔母さんの方の人だから」

「よしてくれ。俺の方には何の異状もないぜ」

「昇ちゃんはあとの子だから血が綺麗なの。あたしは最初の子だから、みんな背負ってるの」

「よせよ。被害妄想だよ。血液検査したかい」

「しないわ。でもそんな気がするの。あたし信じてるわ。あたし罪深い体よ。両親の罪を一人で引き受けてるの」

ミッション・スクールで中学の教程を経た私は新教の社交性について悪い先入見を持っているが、姉の神様はどうやら交際の手段だけではないらしい。本物の自虐趣味である。私は姉の新教的心理主義とマリヤ崇拝との矛盾を指摘したりして見たが、マリヤ様の方は彼女の亡児に対する追憶とコムプレックスになっているので、どうしようもなかった。私は結局もう少しいい聖母子像を探して来てやると約束するのがせいぜいであった。

しかし姉がさらに、「お父さん、どうしてお母さんみたいな人貰ったんでしょう」といった時、私は憤慨してしまった。母が水商売の家から父の家へ入り、地主や教師の親類の間でどんなに忍耐し苦労していたかは、私がこの眼で見て知っている。

「お父さんがお母さんを貰ったからこそ俺達が生れたんじゃないか。それを子たる俺達がどうこういうのは、どうかしてるぜ」

姉は血の問題だけではなく、母がもっといいところから来ていたら、面白い交際範囲があったろうと悔んでいるのである。私はやはり姉の頭は少し変だと思った。

下宿人は当時私のほか一人しかなかったが、以前には二階にも若い学生がいたのだそうである。その学生は肺を病んで、一年と経たずに郷里へ帰り死んでいた。姉はその学生のことを感傷をもって語った。

要するに経済と虚栄だけで夫と結びついている姉は、自分一人の感情生活に閉じ籠(こも)り、すっかりもとの文学少女に返っていたのである。

しかし姉は感情が狂っているだけで、日常生活は少しも人と変ったところはないのである。むしろうまくやってるくらいである。闇米も巧みに手に入れて来るし、弁当も自分でうまく作ってくれる。

私に当てがわれた室は納屋を改造した北向きの一室で、硝子戸(ガラス)でじかに二月の外気に接して夜は甚だ寒い。姉は「お父さんはどうせいないんだから」といって、私を母屋へ寝かせてくれた。その日当りのいい室で姉と枕を並べて、私は夜おそくまで話していた。要するにまるで私と義兄が入れ替ったような工合であった。
二、三日すると義兄が帰って来た。私は離れへ退いた。便所で会ったので、私は「やあ」といった。
近所に私の家の古い知合いで、義兄の勤める学校へ剣道の指南に出ている男性が住んでいた。義兄は翌日出がけにそこへ寄り、「昇平坊主が転がりこんで来たんですがね。その挨拶が『やあ』ひと言なんですからね」とこぼしたそうである。

しかし姉は義兄と私の間に立って私の知らないところで苦労していたのであろう、女中がいたが、これがどうやら義兄のスパイであった。

そう母屋にばかりいるのもさすが気がさすので、私はやはり夜だけは納屋の方で寝るというと、

「でも、昇ちゃんにあんなところで風邪引かれたら困るわ」

「風邪ぐらいなんでもないよ」

「風邪だけならいいけど、肺炎でも起して長く寝つかれたら困るわ」

なるほど、それもそうである。姉の家の実態もどうやら見届けた。要するに姉は大叔母の財産に慾ぼけしている義兄を尻に敷いて、結構うまくやってるようである。私はそろそ

ろ別に下宿を見つけようと思った。

その頃私は出征を覚悟していた。いずれ姉の継ぐべき財産について、私は多少遺言のつもりで頼み込んだ。

「大叔母さんが死んだ後、兄貴に捲き上げられないように頼むぜ。俺はどうでもいいが、辰ちゃん（これは満洲にいる弟の名である）を頼むぜ。彼奴は今大陸に雄飛してますなんて大きなことをいってるが、今に日本人は中国から追払われるんだ。彼奴の一生では、そのうち多少の纏（まとま）った金が元手に要ることがあると思うんだ。その時何かの力になってやっとくれよね」

「あたしだって、お金はそううちの人の勝手にされないつもりよ。小さい時から苦労したあげく、貰うお金ですもの。でも、辰ちゃんにあげる気になるかどうか、その時になってみなくちゃ、請合えないわ。あたし別に辰ちゃんとそう仲が好いってわけじゃないし……」

私は了解した。小さい時から家を出ていた姉にとって、弟だけではなく、父も母も、そして私も、そう仲がいいわけではなかったのである。彼女の仲がいいのは、まず養母であり、次には義兄だったのだ。

ほかのことであれほど妙なことばかりいう姉が、財産についてはこんなにはっきりした考えを持っているのに、私は少し驚いた。キリスト教も郷里で死んだ学生のことも、彼女の感情的な気紛れで、すべてこういうはっきりした生活の基礎の上に立った遊戯であるとすると、余計な心配をする我々のほうが馬鹿かも知れなかった。

義兄はやはり時々帰って一晩二晩泊って行った。姉と諍いの声が聞えることがあった。そして姉はやがて何かの用を見つけて、十日ばかりの予定で和歌山へ帰って行った。

その夜から奇妙なことに義兄が毎日欠かさず帰って母屋に泊っていた。姉が留守なら大っぴらに妾宅へ入り浸ったらよさそうなものなのに、何故彼が必ずひとり寝に帰るのかさっぱりわからなかった。飯は女中が別に私の室まで運んで来るので、顔を合わせることはない。

一週間ばかり経って姉から会社宛に手紙が来た。意外なことが書いてあった。

「どうぞ経堂の家を一歩も動かずに守って下さい。同封の手紙は主人から養母へ来たものです。あまりの理不尽に私達はただただ呆れ返るばかりです。何とか穏便にすますつもりですけれど、あるいは仲に人を立てねばならないかとも思っています。とにかく経堂の家から、どかないように、もし主人の方で食事を作ってくれなかったら、神戸から奥さんや、子供を呼んで、頑張って下さい」

同封してあった義兄から大叔母宛の手紙というのは、洋罫紙の裏表十枚の長尺のもので、趣旨は要するに姉と同居を廃したい、というのであるが、その理由としてくどくどと書いてあるのは、姉が一時二階においてあった学生と関係があったということであった。細部は今は憶えていないが、目的は要するに姉の素行に難癖をつけて、事実上の離婚に際して金を取られたくないということであるのは明瞭であった。そしてその口実として申し立てる姦通の根拠は、この数学教師の中にある男女関係についての観念が、どんなに下等なものであるかを示していた。そして驚くべきことに、そこに嫉妬まで混っていた。

家へ帰ると私はすぐ母屋へ上って義兄を探したが、まだ帰ってなかった。女中は、「黙って上って来ちゃいけませんって。家宅侵入ですって」といった。

「馬鹿やろ。お前なんか口を出すところじゃない。兄貴が帰ったら知らせろ」

夕食後私は穏かに切り出した。

「姉から手紙であなたがお出しになった手紙のことをいって来ました。僕としては来るべきものが来たというだけのことで、要するに手続だけの問題だと思いますがね。あなたが姉の素行を口実にされるのは承知出来ません」

「口実じゃない、事実です」

「事実としても一年も前のことでしょう。何故今になっていい出すんですか」

「それは僕の勝手です。……とにかく文子が、僕に黙って勝手なことをしているのをこれ以上我慢出来ない」

「君だって勝手なことをしているじゃないか」

「それは文子に妻の資格に欠けるところがあるからだ」

「姉さんは君の妻として、君の社会的地位にふさわしい体面を保ってる」

「僕の体面だかあれの体面だかわからない。例えばあんなものでも……」

と彼は床においてある進物の包みに眼をやった。それは姉が何処からか彼女の交際相手から返しに貰った品をおき忘れたもので、表には姉の名前が書いてあった。

「私の知らない間に、文子が贈物をして、返礼が文子の名前で来ている。一家の主人としてこんな侮蔑はない。そしてその金は私が出すんですからね。つまり三年、私は文子に浪費されました」

なるほど姉の交際も行き過ぎていたと思ったが、「浪費」の一句に私は吹き出したくなるのを危く堪えた。

「あなたは三年浪費されただけかも知れないが、姉は一生の重要な部分を十五年浪費した上、追い出されるんです。どっちが損ですか」

「それは文子が不貞を犯したからしようがない」

「その話はよして貰いたいもんですな。馬鹿馬鹿しい」

「何が馬鹿馬鹿しい。とにかく我々のどっちが正しいか、出るところへ出てもいいから、事の正邪を糺して貰いたいと思ってる」

「冗談じゃありませんよ。あなたの希望で姉は籍が抜けてるじゃありませんか。姦通罪は成立しませんよ」

「そんなら出て行って貰おう。君も一緒に」

「むろん出て行きますが。あなたは和歌山の大叔母からこの家を買って貰い、後からもたびたび金を出して貰ってる。だから誰か人を入れて適当に話し合いたいと思うんです」

「この上俺から金を取ろうっていうのか。人を入れることはない。入費がかさむばかりだ。お前のてて親は約束の金を払ってないじゃないか。和歌山の養母から貰ったのはその金のかわりだ。当然だ」

　私は父のことをいわれてかっとなった。

「いい加減にしやがれ。お前は大叔母さんの財産を狙って、姉さんにくっついてたんじゃないか。三年前にゃ俺がお前達の間をさくとかなんとか、恋人同士みたいなことをいいやがって、浪費されたもへったくれもあるものか。女達はお前の名義になってるこの家に未練があるらしいが、それはもう仕方がないと思ってる。しかし応分の金はきっとお前から捲き上げてやるから、そう思え」

私が相談した東京の叔父や叔母の意見はやはり「来るべきものが来た」であった。

「お蔵に火がついて来たんだろう。妾の下宿屋もやって行けなくなったのさ。いつ入るかわからない先物を待っていられなくなったのさ」

義兄はさすがに教師らしく戦争の将来をそう楽観していなかった。教師仲間から聞いたらしいアメリカのレーダーの発達について得意になって語った。彼は彼流にインフレーションと大叔母の財産との釣合いについて見透しがあったのであろう。遂に姉と事実上の離婚に成功した後、彼のとった処置は、まず家を売ることであった。恐らく妾のアパートも売り、疎開を兼ねてどこか田舎に畑付の家でも買う、まずこの辺がこの農民出の数学教師の取った合理的処置であったろう。


やがて姉が上京した。彼女は一人ではなかった。大叔母の知己の町内会長兼何だか忘れたが戦時下の民間統制団体の幹事長とかいう男を連れていた。お定りの国民服に戦闘帽をかぶった五十すぎの胡麻塩の老人であった。二人は叔父の家に落着き、私を入れて手筈（てはず）を定めた後、義兄の家へ乗り込んだ。


義兄は留守であった。一行は応接間へ坐り、姉は甲斐甲斐（かいがい）しく茶などを淹（い）れて来た。そこへ義兄が血相変えて帰ってきた。

「お前達は何だ」と彼は怒鳴った。「無断で人の家へ入るとは家宅侵入じゃないか」

戦時的世話役の手前もあった。私は立ち上った。

「滅茶をいうな。この方はこんどのことで大叔母の代理に来られた方だ。姉さんはいくらお前が勝手なことをいおうとまだここの家の人だ。姉さんがその人を通したのが、何が家宅侵入だ」

義兄はいきなり私に殴りかかって来た。殴り方はまず彼の人柄から予想される横殴りではなく、洒落たストレートでなかなか強かった。私は少し面喰い、首を左右に動かして、避けるのがやっとであった。彼の拳(こぶし)は二つか三つ私の頬(ほお)だか顎(あご)だかに当った。国民服がとめに入った。義兄は彼の顔にも拳を加えた。

「わかりました。もうお止め下さい」と国民服は切口上でいった。

「私はこれまで人に顔に手を触れられたことはない。私はこういう者です」

といって、懐から何やら紙切れを出して卓子上に拡げ始めた。大叔母が姉の件に関し全権を委すという委任状であった。書類は義兄を冷静に返らせたらしい。

「家宅侵入罪であるかないか、いずれ出るところへ出ればわかる。私に委託されたことは、あなたと法律上は他人である文子さんの財産を守ることです。只今これより、この家にある文子さんの財産は全部持ち帰りますが、よろしおますか」

「いいとも、家は俺の名義だぞ」

「わかってます。家は持っては帰れません。現在この家屋の中にある文子さんの持物、つまり衣類、書籍、……」

「マリヤ様の画も！」と姉。

「現代日本美術全集は僕が買ってやったもんだから、持ち出すことはならん」

「あれは結婚前から配本が始っていたぞ」と私。

「途中からは俺が払ったんだから、俺のものだ」

「では最初の配本の分を戴(いただ)いて参ります。さあ、文子さん、早く支度しましょう」

姉はこの間終始目を伏せていたが、溜息(ためいき)をして、

「行李(こうり)が足りません」といった。

「足りなければ、風呂敷にでも包んで持って参りましょう。遠慮する時ではありません」

そして我々は支度を始めた。姉と二階へ上り、溜息しながら箪笥(たんす)の衣類を丁寧に出して行李へ詰めた。義兄が上って来た。姉は「これはあんたが作ってくれたもの」と呟(つぶや)きながら、二、三の衣類をわきへどけた。義兄は上ずった声で「みな持って行け。何もお前が袖を通したものをおいてけとはいわん」といった。

　しかし姉は義兄が作ったものは取らなかった。そして我々は近所の荒物屋からリヤカーを借り、荷物をいつか義兄が「昇平坊主が『やあ』といった」とこぼしに行った知己の家

まで運んだ。その家の年老った女は、「ほんまにええ着物やな、うちも一生に一度こんな着物着てみたかった」といった。姉は結局二、三枚をその家へ残さねばならなかった。持って帰った衣類の数が少ないと姉は大叔母に叱られたそうである。

私とても人に顔を触れられたのは、十年前中原中也になぐられて以来である。しかしよく考えて見れば、鉄拳は結婚式場で「お目出度う」といわれて以来、彼が絶えず私に対してして来た忍耐の爆発したものであって、無理もない節がある。私はおよそ彼を人とも思っていなかったのである。

妻の弟である私は彼を人でなしと思っているが、例えば彼の有田郡の親類はそうは思わないであろう。結婚して間もなく彼の兄が蜜柑畑の維持に必要とするわずかの金を父に借りに来たことがあるが、それは義兄とは似ても似つかぬ、痩せた小柄な中年の男で、父や姉の前、弟の前でさえ、ただおどおどしているばかりであった。

我々が最後にその家を去ろうとした時、義兄は開け放した玄関から見える茶の間に、外套を着たまま向うを向き、火鉢を抱いて蹲っていた。「あんなけだものみたいな人と、あたし十五年も一緒にいたのかしら」とリヤカーを引いて帰る暗闇の中で姉はいった。

しかし私の夜具と荷物は依然として、その家の納屋にあった。私の主張によれば、私が普通の下宿人並に室代と食費を払っている以上、室は義兄と賃貸借関係にあるのであるから、新しい住居が見つかるまで、私はそこに居住権を持っているのだ。私は配給米を外食券に切り替え、友人の家で食事をした。

国民服の仲介人は調停裁判にかけるつもりらしかった。係争の中心はいくら義兄の名義になっているとはいえ、やはり家であった。その家にいくらか拠りどころを残すために、私は依然として納屋に頑張らねばならないのだそうであるが、どうもこれがそれほど重要であろうとも思われない。三月十八日、教育召集の令状が来た時、私はほっとした。

姉はなお暫く叔父の家にいたらしいが、そのうち和歌山へ帰り、とうとう出征まで会わずにしまった。私としてはしかし事の成行から見て、どうせ姉は和歌山へ帰る人であり、義兄から女達が気のすむだけのものを取ればいいと思っていたから、あとは大して気にもかけなかった。どうせ出征して前線で死ぬ身であってみれば、なおさらどっちでもよかったのである。

案の定私は前線へ送られた。私の荷物は一度整理のため上京した姉が受取ったが、彼女は自分のものは和歌山へ送る手段は見付けて来たが、私のものを神戸の妻のところへ送る手段は見付けられなかった。そこで私がいつも体と一緒に持って歩いていた、スタンダールに関する書籍を全部東京の友人の家で焼いてしまった。

復員後妻に聞いたところによると、調停裁判は空襲中に開かれ、義兄の出廷した時は姉が出ず、姉がやっと上京した時は義兄が出て来ず、一年以上もかかった。弁護人は「文子さんがあの御姿を一度法廷に現わして下されば、相手のいい立てる姦通なんてこと問題でなくなるんですが」といって残念がったそうである。しかしこれは姉の女性的魅力に対する侮蔑である。

結局義兄は大叔母が買って与えた家の登記価格、二千何百円かを払わなければならなかった。彼の側から計算すれば、約束の一万円に欠けたのに、十五年姉を扶養したのが丸損ということになったのであろう。

それから姉はずっと和歌山にいるはずである。焼け出されて大叔母の財産も減り、おまけにこのインフレでは何ほどのこともないであろう。もともと大叔母の財産と我々が信じているものは彼女が自らいうところに基いていて、実際いくらあるかは、恐らく人を使って調査したであろう義兄のほかは知るまい。女一人死んで行くために、大叔母はいろいろ周囲に対して政策があったはずで、ほんとのことはわからない。二人を助けに行かねばならぬ。

「えらそういったかて、あんたそんな力あるの」と妻はいった。

「とにかく行ってみる」

復員後七日目の十二月のある日、私は汽車に乗った。

家

　大阪から和歌山へ行く電気鉄道は二本ある。大阪の沖積地の中央、難波駅に発する南海鉄道は、堺(さかい)、岸和田等、大阪湾沿岸の都市を繋(つな)いで南へ延び、明治の末、紀伊水道に臨む岬の近くで和泉(いずみ)山脈を越え、和歌山に達した。昭和に開通した阪和線は上町丘陵の天王寺駅に発し、生駒(いこま)金剛山脈に沿った洪積台地を走り続けて、南海鉄道の三里東、旧大阪街道の峠で同じく和泉山脈を越える。

　所要時間はむろん沿線に小繁栄地を持たない阪和線の方がずっと早い。我々東京に住む和歌山県人は大抵阪和線を使うことになっているが、私がこの線を愛好するのは、あながちスピードのためばかりではない。

　のろのろと和泉山脈に分け入った電車が、山中の駅から小トンネルをくぐると、いつの間にこれだけ上ったかと思われる高さで、突然紀ノ川が車窓に見下される。碁盤の目のようによく耕された広い流域を左に見下しながら、電車は山脈の南面を斜めに川下に向って降り続ける。斜行の奇妙な効果は、時々流域が川下に高く、川上に低く傾いたような錯覚を与える。そういう窓外の景観を楽しむためである。

紀ノ川が高野、吉野の奥から和歌山市の河口まで延長二十数里、殆んど一直線の流路を取っているのは、川が西は長崎三角帯から東は赤石山地まで、日本群島を南北に分つ構造線、いわゆる中央線（メデヤン・ライン）に沿っているからである。

紀ノ川の北を限る標高四百メートルの和泉山脈は、北に背面を持つ傾動山地で、河内平（かわち）野からだらだら上りの勾配（こうばい）は、頂上をすぎると、急に紀ノ川の河床まで滑り落ちる。これが阪和線山中トンネル南口で、乗客の眼を驚かせる景観の原因である。

前方は遠く大平多、那智まで、山また山の重った「木の国」であるが、その前奏曲をなす古生層の低山が一里以上退いて、広い流域がただ芸もなく平らなのは、これが紀ノ川の水が刻んだ谷ではなく、前述のように地質時代からこのままの形で存在した構造線だからである。

もっともこうして私が紀ノ川河谷の自然の景観について、大いに誇張的文辞を弄（ろう）することが出来るのも、私が遊覧の旅としてしか、「故郷」を訪れたことがないからである。例えば現にこの谷の一部に住む父方の親類、あるいは二里下って、紀ノ川河口の和歌山市に住む母方の親類の人々は、彼等のいわゆる「北山」と「川」について、全然別の感想を持っているのであろう。

東京に移住した和歌山市民の東京で生れた子である私は、両親のいわゆる「くに」について関知するところはいたって尠い。和歌山市、かつて徳川御三家の一、五十五万五千石の城下町といっても、私にとってはたまに帰郷して親類で過す退屈な数日の間に、登るべき天守閣があるということにすぎない（それも今度の戦争で焼けてしまった）。名所和歌浦にも、日本の他の名所と比べて、特に優れたものを見出し得ない。「若の浦に潮みちくれば潟をなみ葦辺をさして田鶴鳴きわたる」と詠んでくれた山部赤人に気の毒なくらい、殺風景な干潟の眺めである。

紀州蜜柑も改種と栽培の進歩した今日では、何も「くに」から送って貰わなくても、もっとうまいのが東京でいくらでも買える。除虫菊は幼時市販の蚊取線香よりは、ややましな殺虫効果と、やや刺戟的でない匂いを持った、黄色の粉末が家にあったというだけのことであった。紀ノ川の河原で晒すという綿ネルは、少年時やたらにネルの着物を着せられたという外には縁がなく、戦時中河口に出来た住友化学の分工場に到っては、全く風馬牛の間柄である。

いかにも和歌山の気候は温暖で、めったに雪を見ない。しかし私は自ら省みて、自分に少しも南国的な情熱も濶達も見出さない。今日の私の因循な性格を作ったのは、むしろ幼時から育った渋谷、世田谷の赤土と霜柱である。私が「家」の「関西」から受けた恩恵といえば、少年時から家で両親の和歌山弁を聞いていたため、後に京都、神戸に住んでも、比較的早く周囲と同じ言語を操ることが出来たというぐらいのものである。

和歌山市は私にとって両親の出生の地で、二、三親類があるというだけの存在であった。だから昭和二十年の暮明石へ復員した私が和歌山を訪れる気になったのは、まずは近いのと、そこに当時日本にいた唯一人の身内である姉と、その養母の母方の大叔母がいたからであった。

和歌山市も焼けて、姉達と妻との間の連絡は切れていた。そこへ私があてもなく終戦後の混雑した阪和線に乗って行けるのは、紀ノ川べりに農家である父方の本家が残っているのがほぼ確実であったからである。

阪和線は和泉山脈の斜面を降りて、紀ノ川流域の平面に達すると、急に曲って川を鉄橋で越す。一面の広い耕地に、関西風の集村の樹と屋根と壁が、ところどころ島のように点在している。

鉄橋を渡った電車は和歌山市へ向って再び大きくカーブする。その半円に抱かれた、現在は和歌山市有本町三四〇番地、以前は海草郡四ケ郷村字新田の、門前に大きな樫の木を持った屋敷が、地主大岡の家である。

大岡は稀(まれ)な苗字であるから、学生の時なぞよく、

「大岡育造氏の何かですか」

と訊かれたものである。これは株屋のどら息子であった私の身なりが、多少さっぱりしていたせいであろうが、遺憾ながら私の家がこの有名な大正の政治家と何の関係もないのは、あまりにもはっきりしているので、私はむろん、

「いいえ、別に」

と答えるほかはないが、ちょっと「ただのドルゴルキー」に似たいまいましさを感じないことはない。ついでに、

「大岡越前守の何かですか」

と訊いてみたらどうだろう。しかし私の風貌姿勢には江戸の名判官の「何か」たることを想像させるものは何もないとみえて、誰もそうは訊いてくれない。ところがむしろこの方に私には答えることがあるのである。

「紋は同じです」

『日本紋章学』によれば、「瑞籬」は中臣氏支流大岡氏の専有の紋である。頭の尖った五本の杭を一本の横木で繋いだ形は、神社の境内に廻らした垣を示し、神官であった中臣氏の裔にふさわしいかも知れない。宗家は三河国豊川附近の大岡氏らしく、越前守はその分家であって、紋を丸で囲んでいる。そして丸に瑞籬、これぞ正しくわが新田の大岡の紋で

ある。

とはいえ、遺憾ながら越前守とわが家の関係は、ただ紋を同じゅうするということだけらしい。

有本新田、古くは松島新田の庄屋大岡の家は、十五代の祖父弥膳の代で、附近に三十町の田地を有っていた。土蔵には丸に瑞籬の紋章入りの鎧櫃(よろいびつ)があり、頼宣について和歌山へ来た武士の裔が、新田を開拓して帰農した、と老人達はいっている。また医者の往診用の担ぎ箱(正確な呼称は知らない)もあるそうで、これは医者だった二代目の祖先が用いたものだ、といい伝えられている。

もしこういう老人の言が真実とすれば、元来三河の出である私に、南国的情熱がないのに何の不思議もないわけであるが、しかし帰農してからは、近郷の農家から幾度も嫁を迎えたはずであるから、その意味で私の体にはやはり紀州人の血が流れているといえる。ただ嫁取の範囲は大抵和歌山県北部の近接諸郡を出なかったらしいから、私の心と肉体には、佐藤春夫のような南紀の「浜木綿」と「木の国」の匂いはありそうもない。

例えば祖母ゆうは那賀郡から来ている。これは紀ノ川上流の郡で、むしろ吉野と高野のリゴリズムに近いわけである。祖母は私の幼少の時世を去ったので、私は一度悪戯(いたずら)をして叱られた記憶よりないが、丸顔で眼の小さい、こわい人だと憶えている。

これに反し、祖父弥膳の方は晩年失明してから会ったせいか、温和な老人の印象を止めている。新田の隠居所へ寝たきりの八十余歳の老人に、十八歳の私が帰郷して会いに行った。寝床の上へ体をさし出すと、祖父は私の顔や肩をなぜ廻し、「ああ昇平か。大きくなった。大きくなった」といった。

私としては初対面である。そして恐らく最初で最後の対面になることもわかっていた。私は感傷的になり、祖父の耳へ口をつけて、

「お祖父さんのおいでのうちに会えないかも知れないと思っていましたが、こうして会えて、こんなうれしいことはございません」といった。

一緒に行った姉は帰途、

「昇ちゃんの新派悲劇には閉口したわよ」といった。

祖父は長頭中高の顔、祖母は短頭平ら顔であった。四人の男と一人の女があったが、これが長頭と短頭相半ばしている。長頭は長男の董一と三男であった私の父貞三郎、末の叢に伝えられ、短頭は次男哲吉と四番目の長女の蔦枝に伝えられた。この代から現存する唯一の老人である蔦枝によれば、大岡の家は代々人格者を出し、学を好む風があったのに反し、祖母の実家は普通の農家であった。しかし私の見るところでは祖母の荒い血を最も受けているのは、その頭の短いのと同じく、一生を独身で通し、現在七十二歳で、まだ東京

の女子大学の長老として威張っている意志的な叔母である。

村長弥膳は信心家で、奇特な田紳として本願寺の和歌山別院でかなりの顔役であったらしい。道歌めいた短冊が残っている。

彼はまた政治を好み、熱心な陸奥宗光の党で政治献金もしたらしい。陸奥が和歌山の料亭へ地方の有力者を招んだ時、

「大岡君、君はわしの恩人だ。ひとつわしの上座へ座ってくれ給え」

といって、祖父を上座へ据えたというのが、一家の自慢話として伝えられている。後東京へ遊学した長女や末弟の保証人は、それぞれ岡崎某、関某等政党人であった。

祖父の衒学趣味は長男董一が少くして示した学才によって擽られた。そしてこれが大岡本家没落のきっかけであった。

董一、つまり父達のいわゆる「本家」は、昭和十九年に七十八歳で死んでいるから、慶応年間の生れである。徴兵忌避のため和歌山師範に入学し、後で東京へ出て今の東大農学部の前身であった駒場の農学校を受験して、好成績で入学した。当時同級に南方熊楠がいたそうで、後に彼が家に蟄居するようになった後も、「今和歌山県でものの分った人間は、熊楠とわしだけじゃ」と威張っていたそうである。大変な慢心である。

しかし彼はやがて病を得て学を廃し国に帰った。彼は何でも第一等のものを集めるのが

好きで、机も本箱も、学生には身分不相応な紫檀(したん)のものを持っていたそうである。本もいつも俥(くるま)に一台ずつ、和歌山市の本屋から取り寄せた。祖父はそういう長男の贅沢(ぜいたく)を全部いうままに通してやっていたので、これが彼の慢心を狂気まで押しやったのだ、と叔母はいっている。

彼は体が弱かった。農家ではいくら跡取りでも、これは時に人々の冗談と軽蔑の種になる。ある時彼は発憤して一気に「五升臼をつき上げた」と、これも彼に好意的にいい伝えられている。

それから遊蕩(ゆうとう)が始った。当時和歌山一といわれた芸者を落籍して市内に囲った。その時文使いにやらされたのは十三歳だった私の父で、これが後に父の放蕩の下地を作ったそうである。

女に情夫があるのを知ると、董一はすぐ縁を切って、京都のある私立大学へ入ったが、放蕩の癖は収らず、祇園の旅館の娘を嫁に貰うといい張って祖父を手古摺(てこず)らせた。

彼には婚約者があった。祖母の実家方の一女だったが、彼は忌避した。止むを得ず祖父はその女を次男哲吉の嫁に迎えて、家に入れた。ある日祖父は長男の浪費に堪えず迎えに京都まで出向いた。どうせ帰るまいという一家の期待に反し、彼はあっさり旅館の娘を棄てて、祖父と一緒に帰って来た。

盆の日で、当時紀ノ川に川舟を二艘持っていた家の者は、河原で燈籠流しを見物していたそうである。そこへ董一が帰ったと報せが届いて、叔母はショックを受けたといっている。当時田舎の跡取りの威光は大したものであった。

祖父は次男とその嫁を家から出した。和歌山市内に糸屋を出させ、長男に有田郡から嫁を迎えたが、死児を生んで離縁された。彼も腎臓を病んだ。大病であった病気は恢復したが、この頃から彼は極度に病気をこわがるようになった。

学問をした彼はすべて病気のもとは黴菌であるとした。最初は始終手を洗うことから始まり、だんだん外から入るものを何でも消毒するようになった。貨幣も新聞も郵便物も、一日日向に曝してからでないと手を触れないので、外部との接触はすべて一日遅れ、雨でも降ろうものなら、三日でも四日でもそのままとなった。むろん外の者を屋内に入れなかったが、やがて、垣の内へも入れないようになった。御用聞は台所に近い木戸から呼んで注文を受け、品物をそこに吊された籠に入れて帰って行った。

これは明らかに狂気である。祖父にもその先代にもこういう変人はなかった。私の父は変人の血は祖母の実家から来たと主張していた。

祖母の家はその後貴族院の多額納税議員になった相場師や海軍軍人などを出し、かなり栄えた家であるが、父によれば彼等が成功したのは、人と変ったことをやるからであった。

ただ大岡の家ではそれが因循となって現われたのがまずかったのだそうである。一体相場師として一時成功した父は、他の三人の兄弟をみな因循と馬鹿にしていた。そして失敗した後も、六十歳で当歳の子を生んで「理想的な教育をほどこすのだ」と意気込み、死ぬまで「明日にも百万円ぐらい儲かりそうな」気がしていた彼自身だけ、正常だと思っていた。

わが敬愛するX先生によれば、私は変人なのだそうであるが、私にはこれが比喩とは受け取れない。完全な遺伝質である。

長男の潔癖がまだ昂じない頃、彼は二度目の嫁を迎え、二女が生れた。長女の生れる時彼は勝手に男だときめていたので、「予期に反した」という意味で「反予子」とつけた。この名のつけ方も常軌を逸している。

長女の生れたのを期に、祖父は財産の三割を取って隠居した。この間三男である父は、商売見習のため大阪の綿ネル屋に丁稚奉公に出ていた。父は学問は嫌いであったが、才気があり、店主に愛されたそうである。殊に夜、蔵や木戸の戸締りを見て歩くことなぞ、そつがなく、朋輩を抜いた。そしてやがてその家の一人娘の婿養子に擬せられたのも、一重にそういう自分の才気のためと父は考えていたが、新田の地主の背景がなければ、そんな話が出るはずがないのは、蔵の戸締りも幼時から家の蔵で馴れていなければ、人に認められる域に達するはずがないのと一般であった。

やがて父は年期を上げると、その問屋との提携の下に和歌山で綿ネル仕入商を始めた。しかし父は御世辞がまずく商売は駄目であった。遊蕩に耽って、養子の話も立消えとなり、米相場に手を出して大穴を明けた。

穴は祖父が隠居分の田畑を売って皆済した。あるいは祖父が一ヵ月ぐらい懲役に行けば、田地を放さずにすんだのだそうである。祖父はそうして自分の身を犠牲にして、長女と末弟のために財産を取っておこうといったそうだが、それは子供二人が断ったといっている。

こうして祖父は一文なしになった。幸い政治関係の手蔓で、ある紡績会社の監査役に就き、そのわずかな収入を貯金し始めた。

本家はこの件に全然かまわなかった。「家」を保存するために必要とされる処置であるが、例えば当座祖父の小遣いすら鐚一文出そうとしなかったのは、そろそろ本家の人でなしが出始めた、と老人達はいっていた。度外れた一徹でも金の計算だけはしっかりしていたのである。

日露戦争が始まり、父は御用商人として大連へ行ったが、伝染病にかかり入院しただけで帰って来た。糸屋を出した次男は父と一緒に米相場をやって失敗し、祖母の実家方の嫁と分れ、別の嫁を取って東京へ出、同県人のやっていた兜町の仲買店に勤めた。父は前から馴染んでいた母と結婚し、兄の後を追って上京した。

娘と末弟はそれぞれ学を志していた。娘は右眼の周囲にあざがあったので、一生独身の決心をし、東京の女子大学を卒業すると渡米を志した。旅費さえ工面がつけば、向うで皿洗いでもして苦学するつもりである。旅費はその頃かなりにやっていた次兄が出すといったが、彼女は一応本家へ乞いに行った。長兄はむろん断った。その妻がそばから、

「大岡の家も田地も減ってしまったし、そんな金ありません。相場でもあてたら出しますわ」といった。

娘（というのはつまり私の叔母であるが）は開き直った。

「あんたらが出してくれないのは、最初からわかってるが、順序としていいに来たのである。私がアメリカに行くのはあだやおろそかな心ではない。大岡の家がこうなって、あんたらのような人が跡を取って居るから、仕方がないから行くのである。相場でも当てたらとは何事であるか」

この時長女のはよ子は母の膝にあったそうであるが、さらにいいつのる母の口を手で打ったそうである。子供のすることで意味はないであろうが、このことから叔母はこの子供に対して、未だに優しい思いを持ち続けている。

この時が明治四十四年で、叔母は予定通り次の伯父が相場で儲けた金を旅費にしてアメリカに渡り、以来大正七年まで、サンフランシスコで文字通り皿洗いをしながら（もっと

もアメリカの風習では、皿洗いも日本で考えるほど辛いことではあるまいが）、学を修めて帰り、その出身校の家政部の教師となり、現在定年で引退後は長老株としてなかなか顔を利かせている。どうもこの叔母が父の代で、単に長生きというだけではなく、一番人物が出来ていたようである。

前記でわかるように祖父は好人物であった。その血を引いた長頭の長兄は変人であり、私の父はおっちょこちょいであった。祖母の農民の血を引いたのは次の伯父と叔母だけであるが、伯父には農民的愚直が現われたのに反し、叔母には意志的なところが出たといえようか。

叔母は私を含めて、あらゆる大岡の子供達の教育に参与し、我々にとって怖いおばさんであった。そして甥や姪は生涯で一度は、彼女のリゴリズムに反抗しなければならなかった。

彼女は姪に何でも自分から推し測った戒律を押しつけたので、大岡の娘達は大抵叔母のように独身で通せと薦められた。大岡の女達はあまり縹緻がよくない上に（まったく私は少年時代、自分にはどうしてこう小説にあるような美しい姉や従姉妹がいないのであろうと歎いたものである）いろいろ独身で通す方がよい条件が出て来た。何も大岡に限らず、現代の女性は一人立ちになるに越したことはないが、なかなかそうは行かないのが社会的な弱さであって、結局彼女達もそれぞれ結婚して、叔母を裏切った。

　末の叔父はこういういざこざの間、ずっと本家から学校に通い、二十歳年長の変人の兄の下で苦労している。東京の学生時代はお定りの女に隠し子を生ませることなどあった後、高文の試験になかなか通らず、東京の伯父の家に寄寓して、ひどく角のとれた人になって行った。後帝国大学の事務系統の官吏となって、任地を転々とし、上京すれば兄達の家に泊って出張費を貯金していた。丈が低く冗談がうまく、忍耐強かった。しかし才能は遂に高等学校長にもなれなかった程度で、貯蓄した財産を相場師の父に預けて費消された不幸な人であった。

　父は同時に叔母の粒々苦心の結晶たる貯金も株ですった。つまり父は叔母叔父の相続財産と貯蓄と、二度も彼等の財産を費消した大変な人物だったわけである。

　父はしかし株で当っていた頃は、当然のことながら、失明して、本家から放り出された祖父の面倒を見、その墓も建てた。潔癖の昂じていた本家はむろん葬式にも出なかった。村へ帰って盛大な式を営んだ父は、引き揚げる時、倖を本家の門に廻して、「犬」と怒鳴って帰って来たそうである。意気軒昂たるものであった。

　しかし本家は本家で威張っていた。「今にわかる。わしがあの変人共の手に乗らなければこそ、大岡の家はこうして続いているのだ」

ただ可哀そうなのは二人の娘であった。そういう変人の家であっては、いくら大地主でも婿のきてはない。叔母ははよ子を女子大に呼び、独身主義者に仕立てようとした。

上京したはよ子はまず当時東京の親類で一番室の多かった私の家へ落着いたが、無口な眼ばかり光らしている娘であった。顔立は大岡の女にしては鼻が高く、その他の造作もなかなかしっかりしていたのは、とにかく顔立は兄弟で一番といわれていた本家の伯父の血統を受けていると思われたが、色が黒く、丈が高く、顔が大きく、要するに何もかも一廻り大きすぎる感じであった。歩き方は田舎風の前かがみ、せかせかして、東京の舗道を並んで歩くと、下駄の足音で頭が痛くなった。

やがて叔母が女子大の寮へ引き取った。風呂へ入れて、叔母は彼女が痩せているのにびっくりしたといっている。まもなく風邪を引くと直らなかった。本家からは毎日荷物のように「この手紙見次第送り返すべし」と命令して来た。叔母は遂にこの本家の跡取娘の教育を諦(あきら)めた。要するに変人の家から文字通り一歩も外へ出なかった娘は、家の外では生きられなかったのである。

はよ子はしかしその間叔母の独身主義と宗教心(叔母は信心家であった祖父の精神を受け、人間は宗教を持たなければいけないという意見であった。男共が全部駄目なのはこの心を忘れたからだと主張していた)を吹き込まれて帰って行った。帰郷後和歌山市の教会へ通い出した。一度家の外へ出た彼女は、もう父と同じ棟の下で暮すことを許されなかったので、以前祖父が隠居所に建て増してあった別棟に住み、種々外部との折衝に当った。彼女は傲慢になった。

妹娘は小作人の伜と通じ、二人の子を生んで、家を出された。はよ子は妹をかばって父と対抗し、外交官の位置を利用し、勝手に貯金の一部を下げて、自分名義の別の口座を作った。本家ではむろん妹娘の籍を離さなかったので、子供は二人共私生児のままであった。はよ子がその一人を自分の養子にするといい出し、母屋から一歩も出ずに、指図だけしている父との対立は激しくなった。

東京の親類もいろいろ心配して、例えば子供の誰かをはよ子とめあわす案、あるいは末の叔父の子供を養子とする案などを持ち出したが、本家は自分の家の外で行われていることはすべて陰謀と考えていたから実現するはずがなかった。はよ子も養子の話には自身が除け者にされるように考えて、叔母すら信用しなくなった。東京では本家のことを諦めてしまった。

屋敷は荒れるに任せてあった。丸に瑞籬の紋章入の鎧櫃のある蔵に、伯父はきたながって入らず、といって他人に入るのも許さないので、不開のまま二階が落ち、父祖伝来の品物もどうなったかわからなかった。その他自分の住むところのほかは、修理する必要を認めなかったので、長屋も納屋も朽ちて崩れて来た。たまに帰郷する東京の親類も、垣の中へ入れて貰えなかった。

しかし「在る」というのは何ものかである。「わしがこうしているから大岡の家が続いているのだ」という本家の伯父のいい分は、ある意味で真実であった。有本村は地味肥沃で収穫も多く、小作争議のないところであったが、明治大正昭和三代を通じて、地主の家を維持するのは、並大抵のことではなかったであろう。家を離れて東京へ出た男達は、いろいろ消長があって、なかなかいつまでも「在る」というわけには行っていない。

現に昭和二十年復員した私にとって、和歌山市に住む姉達は行方不明でも、新田の屋敷だけは残っているのが確実であるから、こうして不安なく「帰郷」することが出来るわけである。

もっとも実際はいざ行ってみると、伯父は戦争中に卒中で死に、伯母に娘二人、それに二人の私生児が残った「家」は、流行の言葉でいえば「てんやわんや」になっていた。

帰郷

その小さな駅の附近にも、当時のあらゆる「駅」の附近と同じく、飴、大福、蜜柑などを並べた露店が群れている。阪和線中ノ島駅はこの線が和歌山市へ入る一つ手前の駅である。昭和二十年十二月の中旬であった。復員したばかりの私は、この駅附近の農家であるわが本家を訪ねようとしているところである。

和歌山市内には母方の大叔母とその養女になっている姉がいるはずであったが、和歌山市が焼けて以来、明石に疎開中の妻との連絡は切れていた。まさか死んでもいないだろうと、楽観する根拠も実は何もないのであるが、我々の精神には死んでいるだろうと予測する力はないらしく、とにかくこの中ノ島駅附近の本家へ行けばわかるだろうと、私は遥々満員の電車に揺られて来たわけである。

埃っぽい旧大阪街道へ出、ガードをくぐり、それから道傍に古い煙草屋のあるところから、斜めに田圃に分け入る細い道が、もと海草郡四ヶ郷村字新田、現在は和歌山市有本町三四〇番地の本家へ導く道である。

十二月の午後の日はよく晴れていた。小川を石橋で越え、大正のアメリカ帰りが建てた奇妙な木造洋館の独立家屋の傍を過ぎると、行く手の関西風の集村の中に一際高く聳える樫や椎の屋敷林が見えて来る。本家は代々有本新田の庄屋だったと伝えられている。

右手の大阪街道の松並木が次第に離れ、左手は紀ノ川の堤防が眼路を限る。その上に低い和泉山脈が暖かい褐色の山肌を連ねている。

この辺は紀ノ川の三角洲の上で、中ノ島、松島等の地名が多いのは、それが分岐した河流によって隔てられたからであろう。もと紀州藩の武士であった大岡は、ここに新田を開拓して帰農したのだと、老人達は教えている。

父はその三男坊で東京へ出て別の職業を選んだ。私は東京で生れた子で、ここが私の「郷里」であるかどうか、いたって判然としない。私が幼時を過したのは、渋谷のゴミゴミした郊外の町家の中で、幾多地方出身の文士によって書かれた、美しい郷里の自然をつくづく羨しいと思ったものである。要するに渋谷駅附近の駅員官舎の雨に染みた黒い瓦が、私に最も「郷里」の感傷をそそるものである。

和歌山市附近はいわゆる「木の国」の北端で、別に南国風の「異国情緒」はないが、土は東京の郊外よりよほど白い。家々の壁も白く、東京の板製の家屋ばかり見馴れた私には、たまに「帰郷」するたびごとに、何か心を明るく、のどかにする効果を持っている。瓦も白く、日を照り返して、眩しい。

ここで現在の私の血を形成した多くの人達が生れ、死んで行ったのだ。地主の家の暴れん坊の三男であった父が、銃猟と賭博に凝った若年時代をすごしたのもここである。和歌山市の綿ネルや米の思惑に失敗して、村の者に「貧乏馬」と後指をさされながら、この道あの畦を伝って、さまよったのだ。

父は声が大きかった。文学青年の私が「うるさい」というと、父は答えたものだ。

「どうせわし等は新田の生れやからな。畦から畦へ通る声で、話さなならんのや」

たまに新田に来ても、私はかつて「帰郷」の感じを持ったことがない。しかし二年の前線の生活から帰った今、一つの目的をもって訪れながら、かえってそういう過去の亡霊に取り巻かれているように感じるのは不思議である。

私は「命を拾って」帰ったのであるが、何故このような、今は亡い両親や祖父母達、私の現在と何の関係もない人達がかつて踏んだ土地、見た景色に心を惹かれるのであろう。

本家の屋敷林が近く、大きくなって来た。十年前私はその相続人、つまり長女の婿に擬せられて、奇妙な気持でこの道を俥にゆられて行ったことがある。問題は東京の文士のはしくれであった私にとってあまり突飛であったから、当然成立せず、長女も私も少しもそれを惜しむ気持はなく、別々の途をたどったものであるが、それら私の過去の一時期の出来事が、すべて現在の私の形成に何かの役割を果しているように思われるのも不思議である。

「命を拾って」帰った私にとって、祖国日本にあるものはみな大事であった。過去も未来も、その偶然の数々がすべて意味を持って来た。一種の感情的な、つまり利己的な意味を。

狭い村中の道を幾曲りして、本家の裏門に立った。生垣の間から呼ぶと「はーい、どなた」と声がして出て来たのは、下の娘であった。娘といっても、三十を過ぎ二人の子供の母で、私にとって従妹である。

「ああ、昇平さん、お帰りやしたんだっか」

「一週間ばかり前です」

「ほんまに、よろしおしたな。うちの人まだなんでっせ」

「ああ、御主人も行かれたんですか」

「ええ、とうの昔から行ってますがな」

「それはどうも……」

「おばはんも文子はんも、喜んでだっしゃろ」

「ああ、みんな無事なんですね――十一番町は焼けたんでしょう」

「ついそこにいられます」

「えっ」

「そこの、松島の寺にいられます」

松島の寺とは、附近の村落松島にある大岡の菩提寺聞光寺である。なるほど、私が行方不明の姉達をまずこの田舎を目当に探しに来たように、焼け出された彼女達もまずここへ避難していたのである。人間の頼りにするところなんて、大抵は似たようなものである。

「ええと、松島はどう行ったんでしたっけ。忘れちゃったんですが」

「そこの角を曲って真直ぐお行きやしたら、一本道ですがな」

「なるほど」

私は一応本家の伯父伯母にも挨拶してと思うのだが、娘はその隙を与えなかった。

「そこでっせ。その角まで一緒に行きまほ」

と私の傍を摺り抜け、先に立った。「相変らずだな」と私は思った。親類の者でも家の中へ入れないのが、異常な潔癖を持った伯父の家の家風である。

新田の村をはずれるところで、従妹に別れ、私はまた日に照らされた白い道を歩いて行った。田圃の中で幾度か直角に曲って一つの集落に入り、中で再び直角に曲って、田圃へ出る。そしてまた直角に、継ぎ足すように延びた道の先の、その寺のある松島の村に近づいて行く。

大叔母は本堂の広い縁にかがんで七輪を煽いでいた。私の姿を認めると、

「ほう、昇ちゃんか」

とまるで昨日別れたばかりのように、さり気なく笑った。水商売の人らしく、背をしゃんと延ばして、小柄の体が、立ったまま坐ったように、ちんと据っている。

「まあ、お上り」

「やっと帰って来ました」

「春枝さんもみな達者ですか」

「ええ、お陰様で。明石の方へ疎開しました」

「そりゃ、よかった」

「姉さんは？」

「達者や。達者や。ちょっとそこまで行ったけど、すぐ戻るやろ。さあ、お上り」

要するに私が比島で命拾いして来たことなぞ、大叔母にとって、さまよい出た犬が帰って来たくらいの事件でしかなかったのである。

彼女は死んだ母と血の繋った唯一人の人である。和歌山市の花街で、置屋兼料亭を開いていた彼女のところは、私として、行けば必ず酒を飲ませてくれ、小遣いをくれる家というにすぎなかったが、俘虜収容所で帰還後の私の働きにかかって来ると、私が空想していた十人ばかりの親類の中の一人であった。しかし彼女の方では、私の帰る帰らないなぞ問題にしていなかったのである。

広い本堂の一部を布で区切って、疎開荷物がごたごたおいてあった。主として抱え子の着物から成り立っている「大事な」荷物は、市内の知己の倉に預けたのだが、倉に火が入って丸焼けになった。

「しょうもないものばかり残った」

と大叔母は歎いたが、彼女のその「しょうもない」荷物だけの疎開暮しに少しも不服はないようであった。一体十八の歳から女一人で立って来ていた大叔母は、何事にも決して愚痴をいわなかった。

しかし後で姉に聞くと、「大事な」荷物を預けた倉に火が入った時、彼女は半狂乱になったという。その処置を薦めた姉は、いつまでも叱られた。「最初は本家に預ってくれと頼みに行ったんやけど、断わられて」と姉はいった。

表から姉のころころはしゃいだ声が聞えて来た。庫裡の大黒さんに何か出先からの伝言なぞ伝えている。私は縁側へ出て、

「姉さん」と呼んだ。

「昇ちゃん、やっぱり帰って来たの」

私が復員後、人から受ける挨拶には、妙にすかされたような記憶が多い。私はいわば一人で自分の僥倖を持って歩いていたのだが、内地の人としては、敗戦後すでに半年、そういう僥倖の荷い手に、これまでふんだんに会わなければならなかったわけで、いちいち感激してもいられないのであろう。この時日本にいた唯一人の肉親たる姉ですらそうであ

った。私は、敗戦、復員と続く社会現象の一つの場合にすぎなかった。

私が出征する時、姉は私立大学の数学の教師であった夫と離婚訴訟中であった。離婚は成立しそうであった。若い十何年を棒に振って、養家たる大叔母のところへ帰った彼女は、惨めな気持で暮しているのではないかと思っていた。案外元気で屈託のない顔を見て、私は安心した。

離婚後のごたごた、和歌山市空襲時の話、米軍進駐の話なぞ、お定りの話は長かった。姉は殊に米軍のジープに感心していた。

「ブーと木炭自動車の五倍もある速さで走ってやはる。こんなアメリカさんにかかって行って、とても勝てるわけがない。なんか、きっとこんなことやないかと思ってた」

と彼女はいった。交際好きの彼女は和歌山市内の教会へ通い出した。そこへ最近現れた黒人のことを話した。

「ほんまに黒いんで、びっくり仰天してしもた。じっと見てると、こんな人が世界にいるのかと、夢みたいな気がして来る」

私はマラリヤで落伍して、どうして米兵に助けられたかを語った。米軍の間に寝ていて、戦友の名のついた雑嚢を見、

「殺せ、射て」と叫んだところまで来ると、

「昇ちゃん、それ英語でいうたんやね」
と満足気に駄目を押した。教師の妻であった姉は学問臭いことは、何でも好きであった。私は姉の別れた夫が好かなかったが、姉が彼に早く博士論文を書けと要求しているという話を聞いた時だけは、彼に同情した。

進駐軍はジープの速さに感服しなければならぬだけの代物であるか。私の「殺せ」は、それが英語でいわれたために、箔がつくというだけの言葉であろうか、というのが復員者の感情である。

夕食に大叔母は鰹節をけずり、いわゆる「即席汁」を作ってくれた。鰹節なぞ明石の妻の疎開先になかったものであった。夜具も空襲中防空壕なぞへ持ち込んで傷めてしまった家のものよりも、遥かに柔かく上等であった。十年振りの、父がまだ富裕であった頃の寝心地であった。私は女二人の呑気な仮住居の雰囲気に包まれて、よく眠った。

翌日は姉の踊りを見せられた。附近の闇肥りの農家の娘には、踊りを習いたがる者が多いそうである。姉はそこへ眼をつけた。大叔母に「槍錆」「青柳」「奴さん」など初歩の踊りを教わり、それをすぐ稽古先の娘に伝えるのだから、教わる方こそいい面の皮である。

東京の歌舞伎役者の踊りを見つけている私には、姉の踊りはどう贔屓(ひいき)目に見ても、うまいと思えなかった。しかし大叔母はうまいといっていた。

「踊りはちょっと頭がないとあかん」

要するに姉はおだてられているのだと、私は思った。七十歳の大叔母は空襲で財産を焼いてしまっていた。彼女の言葉でいえば「死んでいく」ための金を残しておくために、養女に出来るだけ働かせねばならないのである。彼女は言葉も物腰も柔かいが、いつも金のことはちゃんと計算してあるのである。

薄暗い本堂の仏像の前で、まずい踊りを繰り返す丈の低い、色黒の、四十歳の姉を、私はあわれと思った。

しかし大叔母も姉も、復員すると同時に、勤め先の軍需会社を「優先的に」馘になった私より、遥かにうまく暮している。彼女達を養って行かねばならぬだろうなどとは、収容所内の幻想にすぎなかった。それどころか、二人は私にそれぞれ二百円ずつの復員祝いをくれた。断る筋もないから貰っておいたが、つくづく私は復員者なんて腑甲斐のないものだと思った。

踊りの弟子の家を訪ねかたがた、姉は私を駅まで送って来た。本家へ寄った。伯父は戦争末期に卒中で死んだと姉から聞いた。それを昨日寄った時に私にいわないとは、本家の娘は相変らず変り者である。潔癖から親類全部との親しい交際を廃していた伯父の家風は、伯父が死んだ後でも続いているわけである。

伯父が死んだ以上、我々は門の外で遠慮する必要はないのであった。中に入ってみると、薄暗い室の中に、洋風のベッドが二つ並び、長女と次女とその二人の子供が、ごろ寝していた。蒲団（ふとん）も敷布もろくに洗濯しないとみえ、まず想像を絶してきたなかった。

我々の述べるくやみを二人の娘達は笑って受けた。

「あっという間の往生で、お父さんも楽だったでしょう。あたし達もほっと一息ですわ」

財産は長女が継いでいた。私はこの長女と結婚するかも知れなかったのである。しかし我々の間には、かつての花婿花嫁の可能性同士らしい、含みのある話は交されなかった。

彼女には今では和歌山市内に男がいた。

「農地改革で大変ですね」と私が御愛想をいうと、

「まあ屋敷も追い追い売ろうと思ってるんですわ。どうせあんた等の知ったことやないけどね」と長女は突慳貪（つっけんどん）にいった。姉と私は顔を見合せた。長女はしかし我々を送り出す時、姉にこっそりいったそうである。「ひょっとしたら、あなたをお義姉さまと呼ぶことになるかも知れなかったんですわね」

四十歳の老嬢でも、女は「結婚」について、随分感傷的な観念を持っているものである。

姉と二人、阪和線中ノ島駅へ続く、長い田圃道を歩いて行った。

「姉さんも大変だね。大叔母さんもこう貧乏になっちゃっちゃ」

「そうよ。商売もやめてしまったし、着物も焼いてしまったし、あたし、お正月の着物もないの」

「どのくらい残ってるの」

「さあ、五万円ぐらいいか知ら」

「そいじゃしょうがないなあ、これからはどんどんインフレだし、いくら二人っきりだって、きりがあるからね」

やっぱり私が引き受けなければならないだろう。しかし私にはその力がないことが、復員後一週間で、だんだん明瞭になって来た。

「あたし、お嫁に行けともいわれてんの」

「そんなこと。その齢で一体相手があるのかね」

「知らないわ。義母さんはああいう人だから、いつまでも女にはすたりがないっていってるわ。後妻に行けばいいんですって」

姉は幼い時から不幸な生涯を送っていた。有本新田の「貧乏馬」であった父は、夜逃げ同様に東京へ出た。彼女は八歳の時から大叔母の養女となり、その家の空気を嫌悪して育った。父が相場で当てた後、金目当に姉を娶(めと)った大学教師との間に出来た一人の子は死んだ。夫は妾をおき、子供が生れていた。彼女は追い出された。そして今はまたその養家の没落に遇って、踊りの師匠か、後妻の境涯を選ばねばならないのである。

南国とはいえ、日が傾いて、うすら寒くなって来た田圃道を、あごを襟巻に埋めて、ぼつりぼつり経済を語りながら歩く姉の姿には、寺の本堂でまずい男舞を踊る彼女とは、全然違った翳(かげ)りが現れていた。しかし私にはどうしてやる力もない。

やる気もない、といった方がより正確であろう。復員者の「帰郷」の観念的感傷には、現にそこで生き働いている人達と相渉るなにものもなかった。

「さよなら」

と駅前で別れた。私がこれから大変であることを、姉も知っていたであろう。しかし彼女にもどうする力もない。ただじっと私を見凝(みつ)めるほかには。

歩廊には終戦半年後の様々の窮乏と必要を荷った人達が群れていた。米を和歌山へ運んだ帰りの空のリュックを背負った女、大きなカンカラをさげて和歌山の魚を大阪へ運ぶ男、等々。私は空腹を覚え、しゃがみこんだ。傷んだ車体がのろのろと入って来た。あまり混んでいなかった。乗客はみなくたびれた顔をしていた。

電車は十二月の空虚な田の中を、警笛だけは昔のまま勇ましく鳴らして走って行った。紀ノ川の鉄橋へ向って、大きくカーブする弧に抱かれた、新田の本家の林を過ぎる。松島の集落が切妻の屋根を並べ、車内の人達と比較にならぬ安定した姿で田圃の向うにある。

鉄橋を越す。木材を流し、鮎を育て、綿ネルを晒すとかいう澄んだ水が、ただ虚ろに幅広く、工場の煙突が並んだ河口へ向って、夕日を映して延びている。

新田の人々が「北山」と呼んでいる和泉山脈の麓(ふもと)に森と林の中で、黒い杉の幹が慌しく窓外に移る。線路は再び直角に曲り、川に沿って上る。どんどん高くなる。

紀ノ川の水面が低くなる。和歌山市内有本町の集村は、もはや遠いかすかな一団となる。そしてふいに戸口に飛び込んだ人のように、窓から消えてしまう。

この紀ノ川の大きな谷の眺めは、昭和の初め以来たまに郷里を訪れる私が、最も愛したものであった。殊に往路、和泉山脈のトンネルを出て、不意に傾いた川と流域を見るのが好きであった。

昨日大阪から乗って来て、復員後初めて郷里を見る期待に胸をふくらませた私の眼の前に現れた景観は、同じ感動を私に与えた。しかしそこに生きる不幸な縁者に会って帰る今の私には、何か無造作でそっけなく感じられた。

この景観はあの人達とも、彼等に対して私の抱く潜在的愛情とも縁がない。「ピトレスクな観照は利己的な感情である」とカミュはいっている。

愉快な連中

毎日大陸から数千の引揚者が北九州に到着し、毎日一本の引揚列車が博多から東京へ走っていた頃、遠いむかしの話である。

列車は当時運輸省の保有していたボロ車輛の中でも、一番ボロな奴が選ばれるらしく、座席は破れ、窓硝子（ガラス）はこわれている。冬ならば、乗客が貼（は）りつけた襤褸（ぼろ）をはためかせて、寒い風が吹き込んで来る。縦横に張り廻した綱に干した襁褓（むつき）、垢（あか）と埃（ほこり）と、その他何ともいえぬ臭い、引揚者が収容所から持ち続けて来た、万事を身の廻りで片づける習慣を持つ囚人の臭いがする。

列車は飯時には長く停って弁当を積み込み、あるいは正規なダイヤを走る列車に追い抜かれるために、小駅で二時間待ったりする。引揚者をなるべく直接帰着地に降ろすためか、どんな小駅も欠かさず停って、博多、東京間に三十時間以上をかけて走る。むろん列車不足の折柄、一般乗客が割り込んで来るのを妨げることは出来ない。殊に引揚列車は携帯物の検査がないから、よく担ぎ屋に覘(ねら)われる。

明石郡大久保の小駅にもこの列車は停った。その町の疎開先へ復員して、まず東京の友人に会いに上京しようとする私の体を、のろくとも確実に東京へ送り届けてくれるのは、この列車が一番であると思われた。一般乗客がデッキに溢(あふ)れてはいるが、大久保でとにかく列車にとっついてしまえば、神戸大阪をすぎるうちには、乗客が入れ替って、何とか中へもぐり込めるであろう、という計算である。

昭和二十一年の一月中旬、米二升を入れた古い救急袋を肩に懸けた私は、その引揚列車のステップに片足をのせた。午後の三時であった。翌朝十一時に東京に着くはずである。

予定通り、私は神戸でデッキに上り、大阪で車室に身を摺り込ませるのに成功した。通路はぎっしり引揚者の荷物が詰っている。引揚者は指定の席を持っているから、あるいはその荷物の上に胡坐(あぐら)し、あるいは荷物のあいまの細い隙間に足を入れて立っているのは、私と同じ一般乗客である。引揚者代表らしき人物が、駅に止るごとに、

「車室は引揚者専用ですから、入らないで下さい」

と叫んでいるが、後から後から押しのぼって来る人は、

「何いうとんねい。もうようけ入ってるやないか」

と耳を藉さない。

私も聞えない振り、後から押された振りで、ずるずると中へ入ると、ずかずかと荷物の上を渡って、程よきところへ御神輿を据えてしまった。

輸送船の混乱を知っている復員者は、何処でも坐った者が勝ちだと思っている。「専用」なんぞ糞喰えである。みみっちい引揚荷物を守るために「専用」されてたまるものか。一体人を泥棒とでも思っているのか。

しかもそれ等の財は、もともと彼等が我々の銃剣を笠に着て、中国人から奪取して来たものではないか。その大半を失ったのは、お気の毒に堪えないが、彼等が今日を予測しなかったのは、目先の利に眼が眩んだ結果であって、いわば身から出た錆である。内地の人々は、彼等のように阿媽とインフレ利得を享受することなく、地道にやって来たのだ。

洗面所に大荷物を積み上げた、車内代表の若い男は、暫くそのあたりの人にもまれていた私に、いろいろ内地の事情を問い糺した後、

「とにかく私は上海のインフレを知っていますからね。内地のインフレなんか、ちゃんちゃらおかしくて、しようがないですよ。何とでも切り抜けて見せますよ。材料はちゃんとこの中にありまさあ」

といって、大荷物をたたいた。布地か砂糖かが仕込んであるのであろう。

しかし引揚者にもいろいろある。車内深く潜入した私の傍の座席に中年の夫婦者が坐っていた。亭主はいが栗頭に国民服のずんぐりした男で、大きなリュックをわきにかかえ、じっと前を見たままである。その様子は、外地生活の利益享受者とは見えない。まず奥地の鉱山の事務員といったところである。

モンペを穿き、髪をひっつめにした細君は、傍の十歳くらいの女の子を始終叱っている。子供を叱っていない時は、ちょこちょこ荷物を詰め替えている。

これと反対側の座席に坐ったのは、ちょっと高級な引揚者である。姉妹らしい三十代の女二人は、よごれてはいるが、いい布地の外套を着て、行儀よく膝を揃えて向い合い、黙って憂鬱な眼を窓外に向けている。その傍に二人を守るように通路側に陣取った白髪の老人は、たぶん父親であろう。スコッチ地の背広のチョッキには、いい細工の銀の鎖を張りめぐらしている。領事か工場長くらいの格はある。時々じろりと、通路に増えて来る闖入者を見るが、片方の眼が完全に不動なのは、義眼らしい。

引揚者と闖入者の間には、前者から話しかけない限り話はない。前者は失った財産の対価として敗戦政府が当然与えた「専用」を、後者によって侵害されるのを不満とし、着のみ着のまま辛うじて身体だけ持って帰った復員者は、前者がその命の上に持つものに恋々としているのが忌々しい。だから両者とも黙っている。

専用列車は京都でさらに大量の闖入者に襲われた。復員服に空のリュックを担いだ若者達は、いわずと知れた買出しのあんちゃんである。彼等は一斉に列車の窓を叩き、

「開けろ。開けろ」と呶鳴(どな)った。

窓際の引揚者は無論開けない。窓硝子の向うに眼をむいている、得体の知れない人物の顔を、悲しげに見返しているだけである。彼等の素姓を知っている便乗者の一人が、多少の義俠(ぎきょう)心から、また通路上の自分の席を、これ以上せばめられたくない打算から、窓際まで乗り出していった。

「開けろいうたかて、見たらわかるやろ。これ以上入れるかどうか考えてみい」

外の人物は恐ろしい顔をした。

「貴様、そこにじっとしとれ。今にあがってって、あんじょう話聞かしたるわ」

やがて遠くの方で窓硝子の壊れる音が、引揚者の叫びと共に起った。窓外の人物はどっとそっちへ動いて行った。そして二十人ばかりの一団が、破口から溢れるように車内に広がって来た。

一人は真直にさっき呶鳴った義俠の徒に向って来た。

「やい、こりゃ、もう一度、今いうたことをいうてみい」

こっちも復員者らしい屈強の若者であるが、相手が集団とわかっては、下を向いて何やら呟(つぶや)くだけである。当然鉄拳があると思ったが、闖入者は意外に理窟(りくつ)をいっただけであった。

「え？　こりゃ。生きんがためには、なんでもせにゃならんのじゃ。ひとのこと、ほっとけ。わかったか」

こう呶鳴った闖入者は、色白の二十歳前の若者であった。しかしどうかすると濃い眉の下に走る、何処(どこ)となく不潔な陰影は、彼が「生きんがため」にだけ、不本意ながら無法者となったわけではないことを、示しているように思われた。

車中に散らばった一団はしかし、さまざまの人物から成り立っていた。例えば荷物の隙間に立って、軽く座席の仕切りにもたれた丈の高い若者は、なかなか落着いていて、すぐ雑誌を出して読み出した。遠くの方に席を取った、混血児らしい好男子は、始終無邪気に笑っていた。

車外には女が一人立っていた。「とても乗れへんわ」の諦観(ていかん)の表情で、窓から離れて立ち、これも無邪気に笑っていたが、やがて闖入者の一人が窓を開けてやり、

「はよ入り」

というのをしおに、はずかしそうに跨(また)いで来た。年の頃は二十四、五、地味な銘仙を着て、

京都風のおとなしく情の深そうな姐さんである。

　彼女を呼び込んだのは、顎の長い団栗眼の、あまり風采のぱっとしない男である。他の威勢のいい団員（？）には無関心で、彼女と並んで私の前に坐り、何処か田舎の噂をし出した。買出しとはあまり縁のなさそうな山や森の話で、なかなかしっとりとしたいい調子であった。聞くうちに、私は彼等が一団とは別かと思ったくらいである。ただしあまり落着きすぎている二人は、どうやら恋仲ではないらしい。隣組同士でなければ、友達の細君ぐらいの見当である。

　引揚列車は、三十分を超える停車時間の間に、そういう多量の闖入を許して、七時頃発車した。一団は浜松まで行くらしい。浜松へは翌朝五時頃に着くから、それから何か買い込んで、その日のうちに帰って来る仕組らしい。

　夜になっていた。車が動き出すと、一団は修学旅行の中学生のように騒ぎ出した。歌が唱われた。流行歌からジャズ・ソング、それからだんだん引揚者の婦人には気の毒な、卑猥な歌になって行った。色白の若者は、抱きかかえるような身振りを交えて歌った。

　彼は最初は、いが栗頭の引揚者の席の肱つきに腰を下し、「おっさん、すんまへんな。ちょっともたれさして貰いまっせ」

といって、大リュックに半身を寄せていたが、やがてその姿勢に飽きたと見え、肱かけに登って、座席の仕切りに腰を下した。片足を揚げ、仕切りの上を窓の方へ延ばした。この姿勢はよほど不安定と思われるが、何故か彼はそれが気に入ったらしく、なおも首を振り、声を張り上げて歌った。

合唱は要するにやかましかった。引揚者はみな眉をひそめた。内地の列車の混乱について、彼等も全然無智ではなかったろうが、これほどとは思わなかったであろう。復員したばかりの私とても同様である。これは少しひどすぎる。

ただかねて、敗戦日本人の気の抜けたような様子に慊らなく思っていた私が、この一団の傍若無人に、幾分痛快を感じたのは否めない。「必要」があらゆる「道徳」を踏みにじる戦場に馴れて来た私には、日常の作法や道徳を自ら破る気はなくとも、破る他人を見て喜ぶくらいの偏好はあったのである。

実直ないが栗頭の後に、嫌がらせとしか思われない席の取り方をしている色白の若造には、好感は持てなかったが、悠然とカストリ雑誌を読み続ける青年を、私は殆ど感歎をもって眺めた。

私には彼が一団の首領と思われた。がっしりした顔と体で、一般の放歌には加わらず依然として最初のままの立姿であった。とにかくこれは自己の行為と手段に自信を持った、確固たる人物である！

やがて遠くで喧嘩が始まった。堪忍袋の緒を切らしたらしい引揚者の一人が、甲高い声で何か抗議し出した。団員の一人は負けずに激昂しているらしい。物音と高まる叫声は、暴力が揮われている証拠であった。遂に引揚者の叫声が静まった。

わが首領はちょっと振り向いて小声に、

「何や、おだおだいうたら、そこらにおいとけへんぞ」

といっただけであった。これは「列車から放り出すぞ」という意味らしい。「なるほど」と私は一層感服するばかりである。私自身少し常軌を失していたかとしか思われない。

しかしこの辺から、わが愉快な連中とその鷹揚なる首領のすることは、少し変になって来た。

真夜中頃名古屋をすぎてから、引揚列車も駅を飛ばすようになった。歌声は静まり、夜を行く車輪のお定りの音ばかり支配的な、普通の夜汽車の光景に変って来た。引揚者もうとうとし始めた。

一団はしかし全員眼覚めていた。私の前に坐った団栗頭の男は、女の連れに向って、

「おい、切符、鋏入ったるか⁉」ときいた。

「ないわ」

「出し。入れたるわ」

女が差し出した、恐らく日附か行先が違う切符に、男は懐から一寸ばかりの小刀を出し、丁寧に鋏の形をくり取った。

切符の厚紙へ羊羹(ようかん)でも切るように、直角に入って行く刃物の鋭利さに驚きながら、私はまだ気がつかなかった。

私も眠くなって来た。私は男と向い合い、同じ荷物の間の溝に足を突込んでいた。私がうとうとすると、男は奇妙な風に膝(ひざ)を横から押して来るので、眼を覚ましてしまう。二、三度眠りを妨げられて、私は遂に憤慨してしまった。

「よさねえか。眠れねえじゃねえか」

私は彼が女なんかと話しているので、少し軽蔑(けいべつ)していたのであるが、後で彼も一団の一人であったのが明瞭になった時、ぞっとしたものである。

彼は眼を光らしただけで、何とも答えなかった。この頃彼等の方針は、ことを荒立ててはいけない段階に入っていたのである。

後から考えてみると彼等の行動はことごとく計画的であった。執拗な放歌によって乗客の神経を疲れさせ、次に暴行で威嚇して一種の虚脱状態におく。そして悠々仕事にかかったわけである。

私が首領と思った大男はやがて誰にいうとなく、

「眠うなった、ちょっと寝るとこ、つくらして貰うぞ」

というと、さっさと網棚の引揚者の荷物を片附け始めた。移し、積み上げ、押し込んで、自分の体が入るだけのゆとりを開け、登って横になった。

仕切の上に留るのを好む色白の若造は、遂に両足でその上に立ち、短い足を拡げて次の仕切へ跨ぎ越し、順々に渡って、遠くの仲間に加わりに行った。天井の電燈の光が薄れ、わずかに停電ではないことを示すだけの微光しか残さなくなった。車内は闇に近くなった。

どさりと網棚からいが栗頭の引揚者のリュックが落ちた。向うで寝ている首領が身動きし、振動が伝わって来たためらしい。

「おーい、動いたらあかへんぞ」

と団員の一人が、荷物を棚へ返しながら殊勝げにいい、首領は遠くから、

「すんません」

と謝った。暫くはまた静寂。車輪の響と、列車の風を切る音。

またどさりと別のところで別の荷物が落ちた。

「おーい、何してんのや」

「すまん、すまん」と遠くから首領の声。

た静寂。

「ライターつけろ」

暗闇でライターの火花が散ったが、火は点かない。誰かが荷物を上へあげて、あとはま

ばらばらと荷物が三つばかり続けて落ちた。引揚者達が立ち上った。

「すまん、すまん、もうすぐ降ります」

と首領の声。この頃列車は浜松に近づきつつあったらしい。

「おーい、みな、次で降りるぞ」

やれやれ、一同ほっとする。

仕切に上ることのすきな例の若造が、こんどは向う側の座席の列を渡って引き返して来た。網棚の荷物につかまりながら、渡って来るのである。

列車は停った。駅の明りを背景に、私の傍に降り立った若造の影絵は、何かをすばやく胸に巻きつけていた。〈はてな〉私は傍の米の入った救急袋をしっかり握った。彼は何か早口に首領と話し合った。それは今まで彼等の使っていた日本語ではなかった。

彼等は全部窓から飛び降りた。改札口を無視し、線路に沿った低い柵を乗り越えて、駅前の暗闇に消えて行った。

安堵（あんど）の呟きが車内に湧き起った。

「ほんとにひどい人達ね」

と姉妹娘が暗闇の中で呟くのが聞える。

「上海でもあんな人達見たことがない」と、いが栗頭の男の細君。

停車の間に駅員が来て、車内の燈は明るくなった。車内代表のあわてた声が聞えた。

「みなさん、荷物を調べて下さい。車内燈は故意に暗くしてありました」

方々で「やられた」「やられた」の声が起った。首領の寝ていた附近の網棚の荷物が切られ、中身が抜き取られていた。若造が仕切りから仕切りへ渡って行ったあたりの荷物もやられていた。スウェターが失くなっているのが判明した。私が彼が胸に巻くのを見たのが、それだったらしい。

「あなた、大丈夫」と、いが栗頭の男が訊かれている。

「大丈夫さ。ずっと抱いてたもの――あっ」

といったきり、彼は見事に切られたリュックの横腹を抑えて、俯向いてしまう。

「ほら、御覧なさい。いわないこっちゃないじゃないの。一体何がなくなったの」

「知らねえ」といいながら探して「ああ、そうか、お前のお召が……」

という声の末が細くかすれる。

「だからあたし、下の方へ入れといて頂戴っていったじゃないの。さっきあたしがあっちのトランクへなおすっていった時、素直に渡してくれればよかったのに。ここでいいだなんて――この上着物無くしちゃって、あたし何着たらいいの――どうしてくれるの、あんた、――ぼんやりしてるわね」

同じ科白がそれから東京まで繰り返された。

老人は胸の鎖は見事に切られ、それに繋がる時計が失くなっていた。娘達はさすがに上品に父を非難することを知っていたが、引揚列車の中で鎖を見せびらかす虚栄心を婉曲に指摘されて、老人は辛そうであった。

彼女達はもう若くなかった。恐らくそれぞれ夫があり、何かの都合で別に引揚げて来るのであろうが、彼女達の夫も、普段かみさんに叱鳴られているいが栗頭より倖せではあるまい、と私は二人の整った顔を見ながら考えた。

私自身はといえば、被害もなかったことではあるし、それから東京まで六時間、盗賊団の首領を大人物と間違えた迂闊を、心中クスクス笑いながら、乗って来た。東京で会った旧友に、私は比島密林中の命拾いの冒険譚や、二千七百カロリーの俘虜生活の馬鹿馬鹿しさを誇張して話した後、この車中の大錯覚を滑稽化して附け加えるのを忘れなかった。

「ひでえ奴等だったよ。でも、俺が帰ってから見た中で、奴等くらいいい面魂をした奴はなかったね。それが泥棒だったんだから、まったく俺ゃ頭がどうかしてるとしか思われねえ」

「それはまず、間違いのないところだね」

「おかしいのは引揚者だ。それからあと、こっちじゃ夫婦喧嘩、あっちじゃ親子喧嘩、東京までやり通しにやってるんだものね、笑っちゃったよ」

戦争と俘虜の自慢話も、大錯覚の話も笑って聞いてくれた友達も、私がついで被害者同士の喧嘩を笑うのには、いやな顔をした。内地で集団的に戦争に堪えた友人達は、前線の兵士たる私より苦労していた。人に同情することを知っていた。

ただ私の非情は理窟ではなく、殆んど感覚であった。その感覚がこれほど友達とかけ離れてしまったのは、たしか身一つしか守るものなく、事実それだけを守って来た戦場の経験の結果であった。

遠いむかしの話である。

再会

夕方、神戸から大阪へ近づく列車が、一つの鉄橋の上に永く停っていた時、漸く昇降口に腰をおろすだけのゆとりを得た私は、足の下を流れる冬の水を眺めていた。寒くもなく、退屈でもなかった。小田原で夜が明け（急行列車はなく、大阪から東京まで十六時間かかった頃の話である）、横浜から焼跡を見なければならなかった。

かつて燈火管制された地平の闇を、工場の火が赤くこがしているのを、亡国の不吉なしるしと見た京浜の原は、綺麗さっぱり、掃かれたように取り払われていた。速力を増した汽車が、それら鉄と石と土との赤い屑を無視するように、とっととっとと走るのには、一種爽快な感じがあったが、あまりどこまでも焼跡が続くので、胸が苦しくなって来た。昭和二十一年一月中旬、復員後初めての上京であった。

東京に住む文学の先輩も友人も、誰が焼かれ、誰がどこへ疎開したか、見当がつかなかった。明石の復員先へくれた寄せ書の表に記された、上目黒何の何千何百番地のA先生の住所が、連中が寄り合う以上、焼けてはいないらしいと推定出来る唯一の家であったが、私はそこで草鞋（わらじ）を脱ぐつもりはなかった。

応召に先立つ六年間、私は神戸の月給取として、文学と離れて暮していた。私の「社会」も「家庭」も、そういう簡単な利害の中におかれていた。十九年の夏東京の部隊から出征する時も、私は古い文学の友達には通知しなかった。一人の文学的落伍者として、私は彼等に惜しんで貰（もら）う資格はないと卑下していた。復員後突然祝いの寄せ書を貰って、私はびっくりしたものである。どうして私が帰って来たことを知ったのであろうか。

私が帰還を知らせたのは、神戸の以前の勤務先、日仏合弁の酸素会社における保護者の、田園調布の家であった。「ナゼカエッテキタカ、バカヤロ」と祝電が来たから、これはたしかに焼けていない。そこへ今日着くと電報を打ってあった。

わが保護者は十八年の春、海軍がその会社を乗取りに来た時、フランス人方につき、私を道連れとして、会社を逐（お）われていた。「好ましからぬ人物」の下端にすぎない私は、皮肉にも殆（ほと）んど海軍直営の造船所に職を見つけることが出来たが、重役である彼の身の振り方は、なかなか困難であったろうと推察された。

しかしブルジョア社会は、戦争中といえども、この種の「大物」に苦労はさせないように出来ているらしい。彼は追放後その田園調布の家を新築し、焼夷弾もそれをよけて落ちたのである。ああいう冗談の祝電を寄越したところを見ると、戦後はますます盛んなのであろう。

十時頃品川へ着いてからやっと、私は横浜で乗り換え、東横線で行った方が賢明であったと気がついた。

日曜日で彼は在宅した。洋風の客間で待っていると、彼はやがて長身の和服姿で現われた。

「ああ、帰って来たね。帰って来たね。さすがの大岡も、こんどは悪運が尽きたろうって、みんなでいってたんだがね」といって笑った。

「危く尽きるところだったんですがね、こいつを通って来た上からは、ちょっとうるさくなるかも知れませんよ。髪の毛を厄よけに売り出そうかと思ってます」

そして私は彼と美しい奥さんの前で、比島の密林で落伍してから、米軍に捕えられるまでの経過を語った。

私に気づかず進んで来た米兵を、私が射たなかったという話は、二人に感銘を与えたらしかった。

「ふーん、そこが君のいいところだね。ヒューマニスチックなところだね。会社じゃ随分悪らつなことをやって貰ったけど、君のやり方は、どっかお人好しのところがあったからね」

「成城ボーイのいいところよ」と傍から奥さんが口を添えた。ちなみにこの美しい奥さんとは、即ち自由主義的なる成城高等学校での私の同級生の妹に外ならず、学生時代高嶺の花と憧れていたのを、円熟有能なるわが保護者に横取りされたのである。

しかし私は自ら顧みて自分が射たなかったのは、決してヒューマニスムや自由主義のためではなかったのを知っている。前線で兵士が相向うという、運命的といえば運命的、何でもないといえば、これほど何でもないことはない瞬間には、なんら観念的なものはないのである。

「ヒューマニスムは勘弁してほしいですね。米兵はほんの偶然で横へ外れちゃったんですが、どこまでも進んで来て、いざ一間で向い合ったら、僕だって射ったかも知れませんよ」

「そりゃ、そうだろうさ。でもそうしたら、君は今頃こんな話はしていられなかったろうね」

「そうですとも。だからヒューマニスムかどうかわからないんです」

「まあ、そうでなくてもいいよ。とにかく君がそのちょっと前に射たなかったのは事実らしい。そしてその話が人に出来るのは、目出度いことじゃないか」

じゃヒューマニスムはお話だけにあるものってわけですか、といおうと思ったが、止めにしておいた。私は何も東京へ議論をしに来たわけではない。命を拾って帰り、二度と会えないと思っていた人達の顔を、この眼で見たいだけだ。

隣に住む成城の友人も来て、「よかった。よかった」と諾いた。これでいいのだ。

なお俘虜収容中の失敗談等々、食卓で私は独り喋っていた。わが保護者も少しは喋ることがあった。日本降伏の直前、方々で行われたいわゆる停戦運動の一環を受け持ったらしい口吻を洩らした。しかし私はこの保護者のいうことを少し割引いて聞くことにしている。彼は敵を欺くにまずその部下から欺いてかかるのを必要と感じる如き、マキャベリストである。

軍部が敗退した現在、日仏合弁の会社には当然フランス人が帰り、フランス人の理由で退社した我々は、大手を振って帰って行けそうであった。しかし私は俘虜収容中、通訳として外国人と折衝し、仲介者の下らなさが肚にこたえた。帰還後またそれを繰り返すのはやり切れない。それに日本が敗けてしまってみんながっかりしている時、外国人の威を藉りて、同胞を脅迫するのはいやであった。

私がその意嚮を表明すると、わが保護者はほっとしたようであった。軍部は退いても、財閥は残っており、フランス人の帰るについても、いろいろの段階と術策が必要であった。彼一人の方が身軽なわけである。

「だって君、これからどうやって行くんだい。造船所も半分潰れたみたいなもんだろう」

「なんとかなるでしょう。僕も今度は命の瀬戸際を潜って来たんで、これからはつまり余生みたいなものですからね。少し好きなことをやってみようと思ってるんです」

好きなこととは文学の意味であった。東京の旧い文学の友人に会おうというのも、敗戦国の文壇に何があるか、私に何かする余地があるか、きいてみようという下心があるわけである。

「しかしまたお世話になるかも知れませんよ」と遁げ路は用意しておいた。私はもう三十七で、妻子もある体である。

わが保護者の家は戦時中の制限建坪中で手狭であるから、隣の成城の友人の家に泊めて貰うことになった。彼の家は私の知ってる範囲で最高のブルジョアである。出されたピジャマは、私の着ている復員服の十倍ぐらい、値段がしそうであった。

夜遅くまで高等学校の旧友として、ざっくばらんな話をするうちに、彼の口からわが文学の友人が、どうして私の明石の住所を知ったかがわかって来た。彼も年少の頃文学を愛し、私を通じてその寄せ書の署名者達を知っていた。そのうちの一人B先生の、愛人C子と偶然省線の中で会って、私の帰還を告げたのであった。

C子はかつて銀座の美人の一人であり、我々も大いに憧れていたものである。彼女が依然B先生に忠誠で、以前の住居は焼けたが、今五反田のある焼け残りのアパートに居住していることも判明した。

「C子も可哀そうだな」と、わが成城の友人は感想を洩らした。

「何故だい」

「何故って、何だか元気がないよ」

そりゃそうだろう。「愛人」という地位が、戦時戦後の世の中で、どんなに心細いものであるかはわかり切っている。しかしこれは他人のとやかくいうべき問題ではない。

私にとっては、これで東京の友人と連絡すべき場所が二つ出来たということであった。上目黒のA先生の家と、五反田のC子のアパートである。明日まず上目黒へ行き、留守だったら五反田へ廻ろうと思った。その二軒は目黒川を挟んで四、五丁の距離にあり、丁度いい都合に思えたが、これが大変な勘違いであった。

A先生は四十すぎても独身のピアノの先生で、私の出征前の状況では、独立家屋に年寄りの女中と二人暮しという、甚だ哲学的な生活を営んでいた。彼の家は自然我々が夜半酔ってしけ込むのに最も快適な場所となったが、この慣習が今も続いているらしいのは、そこから寄せ書が発せられたことでわかる。

目黒不動附近の焼跡の間に、古い道の痕跡を求めながら、私はその以前の夜半の常宿に近づいて行った。道は案の定わからなくなった。ポケットから寄せ書の葉書を出し、通りすがりの人に聞いた。

「上目黒？　そりゃてんで方角違いですよ。ここは下目黒ですから」

私は立ちすくんだ。東京西郊で上渋谷、中渋谷、下渋谷が北から南へ並んでいるのに並行して、上目黒、中目黒、下目黒が祐天寺から目黒不動に到っているのは、子供の時からこの辺に育った私はよく知っていた。それくらいのことがぴんと来ないとは、いかに以前のA先生の家の位置について先入見があったにせよ、情ないことである。

私は俘虜生活を悠然と送り、ひそかに今の内地の人間より正気であると自負していたのであるが、やはり復員ぼけがしているのを、この一事でも思い知らされた。

つまりA先生は私の留守中ト目黒から上目黒へ引越していたのであった。

「有難う」と苦笑しながら、憮然としてあたりを見廻す眼の先に、意外に近く、A先生の以前の家の見馴れた屋根門が焼け残っているのが見えた。〈門だけ残っていたぜ〉とみなに報告出来るのが、ここまで足を運んだ唯一の収穫というわけであった。

私は足を返し、五反田へ向った。C子のアパートがあるという高台は、一面の焼野原の向うに近々と控え、焼けない樹々がこんもりと陽に光っている。悪くない景色だ。

風が吹いていた。循環道路には赤いトタンが音を立てながら、少しずつ動いていた。その音が耳につくほどの、焼跡の静けさである。

　五反田駅の交番の警官は擽ったいくらい親切であった。アパートの位置はすぐわかった。高台へ上りにかかる。この辺はなかなか洒落た中流のブルジョアの住居があったところであるが、それがすっかり焼け残っている。ただ大抵進駐軍に接収されていると見え、横文字の表札と、赤白まんだらの日覆いが、玄関に張り出してあったりする。

　そういう家と同じ石の門にアパートの看板を見て、私はびっくりしたが、受附で室を訊いて、斜面に建った建物の、階段を下へ降りて行くにつれ、やっぱりあたりがだんだん汚くなって来たので、どうやら安心した。いたるところ洗濯物がかけてあり、子供が走り廻っている。

　それには安心したが、C子の室は鍵がかかっていたので、またがっかりしてしまった。やれやれ結局上目黒のA先生の家を探さねばならぬのか。

　思い切り悪く戸を叩いていると、廊下を通りかかった中年の女が声をかけた。

「C子さん御留守ですよ」

「そうらしいですな。弱りました。ちょっと用があるんですが」

「御用だったら、お伝えしときましょうか」

「それが、ええと、訊きたいことがあるんです。僕先月復員したばかりなんですが、Bさんのところが知りたいんです」

「Bさん焼けました」

「そうでしょうね。だから今どこなのか、ここへ来ればわかると思いましてね」

「C子さん、ちょっとそこまで行ったんですから、すぐ帰るはずです。よかったらあたしの室でお待ちになりませんか」

以前の銀座の住人たるC子の「ちょっとそこ」なんてあてになるものではなく、見ず知らずの女の人の室へ上り込むのも気が引けたが、とにかく何とか連絡をつけたいところだ。日のあるうちに上目黒を探す時間を残して待ってみることにした。

「じゃ、あつかましいようですが」

「どうぞ」

通された室は、C子の室と一つ三つおいた並びで、六角か七角の変な室であった。名前をつげ、C子のことなぞ聞いているうちに、だんだんその人が私と全然無縁でないことがわかって来た。彼女はD子というC子の銀座の友人の姉さんで、D子と一緒にこの室に住んでいるのである。

D子は十九年の初め頃、我々に配給の最大限まで飲ませてくれる酒場のマダムであった。まもなくその酒場が閉ったこと、今は戦後急に需要の増えた英文タイプライター修理の外交をやっていることなどを聞いた。そして私はまたひとくさり前線の苦心談をやった。

彼女はお茶を淹れてくれた。私はその六角の室の真中にあぐらをかき、彼女は壁に背をつけて、意味なく笑いながら私の話を聞いている。こういういかにも行きずりの任意の状況で、自分の生死の経験を話すのは、なんとなく気持がよかった。私は今も時々このいかにも働き者のD子の姉らしく、無気力に落着いた女の人の顔を、懐しく思い出す。

そこへ意外にもC子が帰って来た。がらっと戸を開けて私を認めると、

「あら昇平、どうしたの。よくここがわかったわね」

「トッチンに聞いて来たのさ」(「トッチン」というのはわが成城の友人の銀座の略称である。「昇平」も同じ)

「よく帰って来たわね」

「よく帰って来たのはあんたの方さ。そろそろ諦めて帰ろうと思ってたところだ」といって私は時計を見た。一時間待っていた。

「ふふ」と笑いながら、彼女は入って来た。相変らず美人であるが、齢はもう三十で、笑うと目尻に皺が一本入る。こういう顔は早く衰えるのかも知れない。

これから彼女との長い会話をいちいち構成しては、あまりにも小説になりすぎるであろう。要するに私は彼女からB先生はじめ、寄せ書の連中のみなの消息、私の知りたいすべ

てを知ったのである。B先生は世田ヶ谷のはずれに疎開していたが、明日の午後出ている
はずだという、小石川のある文化施設の名前も聞いた。A先生もE先生も来るという。

「じゃ、あしたそっちへ行ってみよう」ということで、その話はけりがついた。

「あんたも焼けたんだってね。よく焼け死ななかったもんだな」

「丁度京都へ行ってたのよ」

「へえ、何しに」

「ちょっと知ってる人んとこへ」

どんな知ってる人かわかったもんじゃない。相変らずだな、と私は思う。彼女は浮気の
性で、B先生は随分苦労している。

しかし復員早々久し振りで会って、余計なへらず口を叩くこともない。それに彼女はい
つか、底に一寸ばかり残ったウィスキイの瓶まで持って来てくれている。

「みんな飲んでもいいわよ」

「B先生の飲みしろじゃないのかい」

「いいの。あっちに焼酎があるから」

しかし私がそれをちびりちびりやってるうちに、彼女は退屈したらしい。なんとなく自
分の室へ引き上げると、なかなか戻って来なかった。D子の姉さんとは話は尽きていた。

瓶を明けて靴を穿き、C子の室をのぞくと、彼女は蒲団にカバーをかけていた。私はむっとした。

「帰るよ」

「あら、もう。ウィスキイ飲んじゃった」

「飲んじゃったよ。じゃ」

「また、いらっしゃい」

その日も成城の友人の家へ泊り、次の日の午後私はその小石川の文化施設へ出掛けた。大塚で省線を降り、いつ来るともわからぬ都電を待たずに歩き出した。相変らずの焼跡であるが、東京の焼跡に神戸大阪のそれより、何となく心をそそるものがあるのは、小市民の「首都」の観念に含まれた感傷性によるものであろうか。それとも私が暫くでも兵士として「国家」の直接の手先として働いて来たためであろうか。

教えられた建物は大塚から三十分以上歩いて右へ折れたところに、少しも傷まず焼け残っていた。和洋折衷のかなり豪華な建物である。B先生の指導している文化施設はこの二階にあった。コンクリートの廊下をこつこつと歩いて行くと、突然後の扉が開いて、「昇平」と呼び止められた。B先生であった。

昔ながらなりふり構わぬB先生は、黒いつんつるてんの背広を着て、ひどく小さく見えた。

「やあ」とかなんとか、型通りの挨拶があって、

「何故不意に戸を開けたんだい」と訊くと、

「そりゃ、昇平の足音はわかるさ」ということであった。

B先生は昨日私の帰ったすぐ後C子のアパートへ行き、私がここへ来るのを知っていた。まもなくA先生もE先生も来るだろう。今夜はC子の室で、歓迎の宴を開いてくれるという。私は感激した。

「ただ、ちょっと一時間ばかり失敬する。ここで用があるんだ」

「何だい」

「中国語の稽古さ」

「まだ、やってるのか」

「ふふ、今日が最後だ」とB先生は苦笑した。

協会は戦時中の産物で、日支文化の交流を図るのを目的としていたらしい。終戦と共に無論これは意味を失ったので、目下残務整理中らしかった。一人の在日中国人について、B先生達の中国語の講習は、私の出征前も行われていた。そして私がB先生を見た最後の場面は、都心の別の協会の二階で、彼等がその中国人を囲んで、含み声の現代中国語を一

斉に発音しているところである。

B先生は私の二十年来の先輩であり、先生が私の足音を知っているように、私は彼の人柄を知っているつもりである。彼が戦時中その種の協会の役員になったのが、実直な彼が周囲から押し上げられた結果であることも、そこで彼の文学を軍部の圧力から守ることに苦心した末、過激派から退けられたことも知っている。しかしそれは私が出征前に最後に彼を見たのが中国語を習っているところであり、帰還後最初にまた同じ光景を見るという偶然には、妙に滑稽なものがあった。彼が協会でしていた辛抱に比べて、その滑稽感の意味のなさを、私はその場で実感することが出来なかった。私も「ふふ」と笑って黙っていた。

やがてA先生が昔と変らぬ禿頭(はげあたま)と、大きな近眼鏡をかけた哲学的な風貌(ふうぼう)を、英文学研究家のE先生(彼だけは私より年少である)が、そのくねくねとした長身を、現わした。E先生は名門の出で、当時の外務大臣の息子であるが、戦争中大いに酒量をあげ、親爺からウィスキイと煙草をまき上げて来る特技で、珍重すべき存在であった。

一同はやがて建物の外側の日向(ひなた)に、二、三他の人物と共に、中国人を囲んで円陣を造り、口うつしの中国語を唱え始めた。

十間ばかり広く取った庭の向うには焼跡が拡がっていた。

「南京の焼跡を思い出すな」

とぽかんとしている私の傍で、呟くようにA先生がいった。はて、わが国に造られた焼跡に、わが国が造った焼跡を偲ぶとは、どういう感受性のさせる業であろう。

私はひとりその焼跡の中へ出て行った。旧い邸町だったとみえ、道がこみ入っていた。コンクリートの塀が崩れている中に、和服姿の銅像が物思わしげに、赤いがらくたを見下していたりする。ぽつんとバラックがあり、木札に粗末な字で何とか町内会事務所と書いてある。こういうところへ帰って来る復員者は、どんな気持がするのであろうと、要らぬ心配をしてみたりする。

起伏を越えて行くと、不意に崖ぷちに出た。低い川と電車通りを挿んで向うにまた高台が焼跡を連ねている。焼跡ではあるが地形に何となくまとまりがあり、江戸明治の文人墨客の好きそうな趣きを具えている。近代の建造物が焼き払われて、そういう古い地形が現われたのを喜ぶ風流人も、この際こと欠かぬかも知れない。

一種の悲哀のセンチメントが私の中で続いていた。しかし私はこれ等近代兵器の齎した破壊が、そういうセンチメントと何の関係もないと思わねばならぬ。私の感情なぞそういうその破壊の原因に比べては何ものでもない。

私はのろのろと（応召して以来、一人になると私はいつものろのろと行動していた）足を返した。帰途はただ焼跡の夕方の「赤」の中を行ったという印象しか残っていない。

中国語の講習はまだ続いていたが、やがて何となく終りになった。そして解散式にふさわしい挨拶も交されず、何となく人は散って行った。

E先生は今夜の宴会のためにウィスキイを仕入れに去った。B先生も所用かたがた銀座に廻り、別のルートから酒を仕入れて来るという。魚を買う係りであるA先生に連れられて、私は一足先にC子のアパートへ行くことになった。

A先生はちゃんとリュックサックを持って来ていて、形よく背負って、すたすた大塚の駅へ向って歩き出した。私は宴会場にC子の室が選ばれたのに不服をいった。

「C子に料理が出来るのかい、一体」

「C子は料理がうまいよ」とA先生。

「ほんとか、おい」

私は出征前D子の酒場のお仕着せで飲み足らず、B先生に連れられてC子の以前のアパートへ行ったことがある。その時の料理は戦時下にふさわしく、手榴弾のようなコロッケで、とても喉(のど)に通ったものではなかった。私はその事実を指摘したが、A先生は悠然といった。

「あれからうまくなったのさ。まあ、今にわかるよ」

大塚へ行く途中の魚屋が、この道をよく通るA先生達の取りつけらしく、平目の片身と小鯛を買った。大塚附近のバラック市場で闇煙草だけは私が買った。そして満員の電車で、御馳走の材料を両手で捧げながら、五反田まで乗って行った。

C子は賑やかなことが嫌いでないとみえ、にこにこして我々を迎えた。材料を渡すと、A先生と私は六畳の室に上って話していた。省線の線路が窓に近く、電車が轟々の響きを立てて通る。

やがてB先生が一升の合成酒をさげて現われると、すぐ酒盛になった。A先生は酒がいけないので、B先生と私の二人で一升で足りる。そこへE先生のウィスキイが来れば、終戦半年後の情勢では、まず十分としなければならぬ。

C子の料理について、私はまだ疑念を持っていた。昨日私をほったらかして、蒲団のカバーをかけに行った怨みを忘れてはいない。平目を刺身にしようとする手際に難癖をつけ、前線でなんでも料理した経験を誇示して、俺がやろうといい出した。しかし二、三杯の酒で早く酔払ってしまった私には、切れない戦後の庖丁では、皮をそぐことすら出来なかった。

「駄目じゃないの、あたしに任せなさい」

といいながらC子が後に廻って来たのをしおに、庖丁を抛り出し、飲み役に帰った。

そのうちE先生も到着したが、予期に反して彼の手にはウィスキイがなかったので、これは大打撃であった。

「ふむ、どうしても都合出来なかったんでございます。そのかわり僕は今夜は飲みません。飲まなきゃいいんざましょう、飲まなきゃ。いひひひひ」

彼にこう笑われては、ほっておけないのである。急遽D子の室に援助が求められた。

幸い瓶半分のベルモットがあったので、我々はどうやら安堵の息を吐いた。

私はまだC子の料理にこだわっていた。しかしやがて出された小鯛は、一旦焼いた上で煮た手の込んだものであったので「勤労だけは認める」ということにした。

「C子はうまいんだよ。つまりC子のこれまでの暮しは、料理と何の関係もなかったんだがね。つまりその暮しの心掛けってものが、ひょっと料理に凝ってみたら、出て来たのさ」

とB先生がいった。先生はさすがC子で苦労しているだけに、彼女をよく知っている。要するに容色が衰えたので、料理がうまくなったのである。

私はすっかり酔払ってしまった。しかし私が一つ文運を試そうと思っていることはおくびにも出さず、専らフランス人の会社へ帰る可能性を誇張して話した。保護者には文学を語り、文学者には会社を語って、両天秤をかけていたわけである。

しかし話しているうちに、秤は文学の方へ有利に傾いて来た。B先生の話によると、鎌倉のX先生が私の帰還を聞き、戦争の体験を書かせようと待っているそうである。X先生は丁度終戦ジャーナリズムと絶縁すると宣言し、定価百円の美術、詩歌、小説を含んだ、高踏的綜合季刊誌を出そうとしている。それに私の文章を載せてくれるというのである。

私はX先生やB先生のような立派な先輩を持っているため、これまでも一度も原稿を持ち込んだことがないという倖せ者である。今また復員して文学よりほかに行く場所がないという時に、X先生が待っていてくれるとは、どこまで運のいい男だろうと内心呆れながら、それは露ほども上面には出さず、

「さあね。そんなもの書けるかどうかわかんないね。戦争の経験なんかには、そもそも普遍的なものは何もないですよ」

と白らを切っていたが、もし私がこれからものを書くとすれば、その経験を書いてみるよりほかはないと、ひそかに考えていたのである。

それから私は威張り出した。B先生が、

「四十すぎて家が焼けちゃったなんて、やり切れないよ」といえば、

「けっ、かたつむりじゃあるめえし、家がなくなったからって、今さら慌てることたないでしょう。人間本来無一物っていってね。戦場じゃ兵隊はしょっ中、家がないが、それでも生きて、その上戦争するんですぜ」

「復員者は凄いよ」とB先生は渋い顔をした。

「家が焼けた上に追剝に会う奴もいるからね」とA先生が取りなし顔にいった。「あのF社のG君なんて、中野で二度も遭ったって。二度目にはさすがにいやになっちゃって、裸でわーって呶鳴りながら、うちまで駈けて帰ったそうだぜ。昇平も東京をうろうろするんなら、気をつけた方がいいよ」

「へっ、追剝にぶつかる率なんて、千人に一人たあねえだろう。戦場だって、敵弾に当ってくれって頼んだって、当ってくれねえもんですよ。そんなもの気に病んでて歩けるものか」

A先生も「復員者は凄いよ」といって、黙ってしまった。

しかし私はこの後東京滞在中一人で夜道を歩く時、必ず時計と金は靴下へ落し込んでおいた。服はどうせ上陸地で貰った復員服で少しも惜しくない。靴下まで脱がせられればそれまでだが、危険は怖れずとも、万全の具えをしておくのが兵隊の心掛けである。

遂に酒を飲み干し、C子の料理も喰い尽して、帰ることになった時、私は入口の扉につかまって、中のB先生に呶鳴っていた。

「ねえ先生、どうせ俺は文学の方じゃ、何もして上げられねえが、あの、会社員の方じゃ少し苦労を積んでるからね、そっちの方で、何か俺が役に立つことがあったら、何でもかまわずいってくんな。及ばずながら、これまでの御恩報じに、出来るだけ使い走りはしますからね」

B先生はぽかんとしていたが、私がこんなことをいう気になったのは、酔った眼にだんだん映ったB先生の姿が、ひどく元気がないように見えたからである。そしてその原因が別に中国語講習会を閉鎖する事態に立ち到ったことにはなく、正に家が焼けたということにあると感じたからである。B先生は恒産を擁し、我々文士と飲み呆けながらも、家へ帰ってはその維持と運営に、全然別の頭を使っているのを、私はかねて知っていた。戦後はそれがなかなか困難のはずであった。

B先生はしかし私の商才なぞあてにしなかったとみえ、その後別に使い走りを命ぜられたことはない。

その晩は私はA先生の上目黒の家へ泊めて貰うことになっていた。五反田駅には米兵が多かった。私は歩廊に折り敷き、米兵を横眼で睨んで、ぶつぶついっていたそうである。その恰好を見て「昇平でもやっぱり兵隊だなあ」とA先生は思ったそうである。

朝早く目を覚まし、私は応接間へ出て行った。重いカーテンを垂らした室内は、宿酔の無為と悔恨には、あたかも手頃な暗さであった。

何気なく一方のカーテンを引いた。そこには庭があった。お定りの野菜が植えてあったが、片側は日本間の寝室の縁側が戸を閉し、軒も深く、静まり返っていた。

それは日本の庭であった。子供の時から見馴れた冬の曇り日の庭であった。二年私はこれを見なかった。私は感動した。


鎌倉の町は焼けていず、昔ながらの海と松の匂いを駅前にも漂わせている。X先生は留守であった。先生はモツァルト論を書きに伊東の旅館に行っているという。十九年に最後に会った時、先生はモツァルト論を計画し、文献を読んでいた。ふむ、この偶然は悪くない。

伊東には装幀（そうてい）家のY先生も大分前から疎開していた。

「行ってごらんになったら。きっと喜ぶと思いますわ。大岡さん帰って来たって、とても喜んでましたもの」

と奥さんがいった。しかし私はまだ鎌倉に会いたい友達がいる。今日は鎌倉へ泊って、明日行きますというと、奥さんは、

「どこも留守だったら、家は明いてますから、泊りにいらっしゃい」といってくれた。

稲村ケ崎に住む批評家のH先生は在宅した。相変らず異邦人の如く容貌魁偉（ようぼうかいい）、長身に玄関から見下されると、訪問者はつくづく身の弱小が歎（たん）じられる。しかし、

「暫く。暫く。どうぞお上り下さい」

とその外観に似合わぬ丁寧な言葉であった。

H先生の家は焼けてはいなかったが、屋内は戦時中からの窮乏を語って、荒れるに任せてあった。玄関傍の茶の間には蒲団が敷いてあり、足の悪い母君が寝ていた。

私はまた例によって前線の命拾い譚をはじめた。何故だかわからないが、人に会うと必ずこれを一席ぶたなければならないような気になる。相手もそれを期待しているように錯覚する。そして喋り出すと止め度がなくなる。

「ふん」とか「うん」とか相槌打ちながら聞いているH先生の顔をみながら、私ははっとした。先生は私とほぼ同年輩で、X先生の兄弟弟子であるが、四、五年前フランスへ行って来たことがある。帰った当座、彼も物に憑かれたようにお喋りになり、日本国の森羅万象ことごとく気に入らない様子で、酔うとよく大きな身体で暴れた。ある時私と喧嘩になったこともある。

今私が喋っていることは、正確にその洋行帰りの饒舌と選ぶところがないのに、私は不意に気がついたのである。

「どうもね、帰っても、なんだか日本になじまないような調子なんだ。いうことが変だろ」と私は弱くいった。

「そんなでもないけど……でも俺もフランスから帰った時、変だったっけ。君にも殴られたっけ」

と先生は私が丁度考えていたことをいった。

夕方になり「とにかく飯を食って行ってくれ給え」と、彼は江の島電車で鎌倉駅まで肉を買いに行ってくれた。やがて煮られた肉は、やたらに固いすじ肉で、味がなかった。しかし先生は一人で「うまい、うまい」といって食べていた。酒も出た。

二十一年一月の批評家の生計では、この御馳走は「鉢の木」を割ったようなものであった。現在H先生を含めて私達四、五人が寄り、毎月自宅持ち廻りの飯を食う親睦会を持っているが、それに「鉢の木会」という貧乏臭い名をつけたのは、この時の思い出によるものだ。

H先生は御馳走はしてくれたが、子供もあり、母君が来ているので、私を泊める余裕はないらしかった。気の毒そうにそれをいうのを聞き、

「いや、泊るのはXの奥さんが来いといってくれてるんだ」

と私は答えたが、もう十時になっていたので、今から留守宅を叩き起すのも、気が引けた。近所に小説家のI先生がいる。私は先生とも古い知合いなので、そうだ、あそこがいいということになって、H先生と連れ立って、出掛けた。稲村ケ崎から極楽寺へ向う暗い道を歩きながら「小説家んとこは酒があるよ」とH先生が囁(ささや)いた。

　I先生は起きていた。H先生はまず玄関で、忙しいんじゃないのか、折角大岡が来たんだけど、俺んとこは手狭で、と弁解した。I先生は、

「仕事はないことはないが、昇平さんが来たんじゃしようがねえ」

と快く泊めるのを承知してくれた。いかにも酒が出た。I先生自身も酒豪であるから、忽ち一升瓶が空になると、先生は長身でゆらりと立ち上り、棚からサントリーの角瓶を降ろした。中身はただし焼酎であった。

「こいつの話を聞いてると、まったく十死一生なんだよ」

とH先生の紹介をきっかけに、私はまた例の前線講談を一席ぶち始めた。米兵を射たなかったくだりへ来ると、剣道二段柔道三段合計五段のI先生は、

「なんで、だらしがねえ。そんな時はさっさと射っちまえばいいんだ。射たねえから、今になってそんな話をしなけりゃならねえんだよ」ときめつけた。

　捕えられてから、米兵の手にある戦友の雑嚢を見、「射て、殺せ」と叫んだくだりでは、以前英語の先生をしていたことのある先生は、「なんて英語でいったんだ」と問い糺した。

　当時先生は女流作家のJ女史と一緒にいた。彼女の眼には涙がたまっていた。

「そのお友達のカバン御覧になった時、どんな気持がなさったでしょうね」

　どんな気持かこんな気持か、ほんとは憶えておらぬのである。「殺せ」と吸鳴ったこと

だけは本当だが、あとはみんなお話だ。どっちにしろ、女子供の知ったことか。

「ほんとに御苦労なさいましたわね」

と女史はまたいったが、私自身はちっとも苦労したなんぞと思っていない。その時その時の、最上の生きる手段を考えて緊張していたから、苦しいなぞとはつゆ思わなかった。

夜半をすぎ、H先生は「じゃ、よろしく頼みます」といって帰って行った。その後姿の肩のあたりが、変にそぼけて見えた。

H先生がこんなに気を遣うのを、私は少し悲しくなった。小説家んとこへ一晩しけ込むぐらい、なんのこともないではないか。私が昔知っていたH先生は、洋服のズボンの上へ紺がすりを着込んで、長尺の二葉亭四迷論とフロベール伝をものし、文芸時評で毎月五十枚ずつ流行作家の頭をどやしつける、横紙破りの選手であった。その先生がいつの間に、何故、こんなに細かく気を遣う男になってしまったのか。

「みんな小さくなったな」

と、なおI先生と焼酎の杯を重ねながら、私は大口を叩き始めた。東京で中国語講習会を閉していたB先生も引き合いに出した。

「みんな小さくなった。やい、復員ぼけなんぞと馬鹿にするな。内地でしょぼしょぼしてた野郎と比べて、俺の方がどれだけ健康かわかんねえぞ。俺は正気だぞ。全く正気だぞ」

「そうか、そうか」さすがのＩ先生も少し辟易したらしい。「まあ、おめえは兵隊で、自分一人のこと考えてりゃよかったが、内地じゃ家族やみんなのことを、考えなくっちゃならねえからな。食い物を手に入れるのが大変だ。物質じゃ。物質じゃ」

　現在私は先生の近所に住んでいるが、近頃彼はよく厭味をいう。

「昇平さんも帰って来た時は、アメさんの給与で丸々肥って、当るべからずの勢いだったが、この頃は痩せたな。小さくなったな」

　先生は私より十歳年長であるが、早くも売文に疲れた私よりは遥かに若々しく且健康で、一剣天に倚って寒し、孤高峻烈の文学を生産し続けている。

　翌朝東京へ出るという先生と一緒に、私も伊東へ向った。先生は湘南文庫とやらの重役で、今日は出勤日なのだそうである。湘南文庫とは十九年に私の知っていたところでは、戦時下文士の副業として、蔵書を出し合って鎌倉に開いた貸本屋である。それが今では出版屋に昇格して、戦後有力な出版資本として、東京に事務所を持っていると、前夜も何度も聞かされたのであるが、私はいつか忘れてしまうのである。極楽寺の駅へ向う途中も、

「貸本屋なんかに、天下のＩ先生がわざわざ出勤するのかね」

と、ついきいてしまう。

「貸本屋じゃないよ。出版屋だよ。出版屋だよ」と少し慌ててＩ先生。

けっ、貸本屋だろうと、出版屋だろうと俺の知ったことか、余は復員者なるぞ。

しかしそれから江の島電車で藤沢へ出、混んだ伊東行の汽車に揺られながら、私はだんだん心細くなって来た。もしこれから会うX先生、Y先生も、「小さくなって」いたらどうしよう。こういう一般的「小ささ」の中で、果して私の自称する「正気」が通用するであろうか。

伊東の町も焼けていず、鎌倉よりもまた一段とのんびりした温泉場の風情である。X先生のいる宿屋はわかっていたが、まず伊東の住人であるY先生に敬意を表するのが順序である。

Y先生は町を見晴らす高台の家に住んでいた。骨董（こっとう）鑑定の鬼才にして装幀の天才である先生は、出版景気で装幀の註文が殺到し、大変な景気だという話である。家に温泉が引かれてあり、書斎は昔ながらの凝った家具調度で飾られている。

先生は私を見て、昨日別れた人間に会うように「よう」といった。この先生の前へ出ては、得意の講談もそうやすやすとは出て来ない。

「フィリピンへ行って来たんだってね」

「うん」

「フィリピンの女、やったか」

「えっ」と今度は私がおどかされる番になった。「飛んでもねえ。てんで負け戦さで、そんな暇なんかありゃしねえよ。命からがらやっと帰って来たのさ。こうしてあんたと話してるのが不思議なくらいだよ」

「だって現に帰って来て、話してるじゃねえか」

「そりゃ、そうさ」

「そんならそれで沢山だ」

Y先生もB先生やX先生と同じく二十年来の先輩で、私は可愛がられているように思っていたのであるが、後で聞くと嫌ってたのだというから、世の中は恐ろしい。私が帰ったと聞いて、X先生にいったそうである。

「大岡の野郎が帰って来たそうだが、絶対に伊東へ連れて来ないでくれ。俺は彼奴の笑い方が気に喰わねえんだから」

呑気（のんき）な私は気がつかないが、鎌倉のH先生がI先生に気兼ねしたのも、別に彼が「小さく」なったからではなく、昔から方々へ迷惑ばかりかけて歩いてる、私の咎（とが）であるわけだ。

しかしこうやって私が押しかけて来てしまってはY先生も仕方がない。大きなことをいっても、先生は来る者は断れないたちなのである。

「Xが古屋へ来てるよ」

「知ってる。それもあって来たんだ」

「じゃ、一緒に行こうか」

帳場で待っていると、やがてX先生がよく滑る旅館の廊下を、摺り足でやって来た。真面目な顔であった。

「よく帰って来たね。助かってよかったなあ。ほんとによかった。ほんとによかった」

私が帰ったのを、こんなに喜んでくれたのは、妻のほかになかった。先生がこれほど喜んでくれようとは思いがけなかった。私は思わず涙ぐんだ。

X先生は仕事中であったが、Y先生と旅館の主人と一緒に明るい帳場で飲み出した。しかし私は連日飲み続けで疲労し、あまり進まなかった。講談はなおさら出なかった。X先生は私が飲まないのが残念らしく、

「この酒は君のために買ったんだぜ」と繰り返した。それから、

「君、一つ従軍記を書いてくれないかな」

と待望の話になった。「従軍記」には私は思わず吹き出した。私は本物の兵隊として行ったので、報道班員のように「従軍」したのではない。しかしX先生がそういうのも一理ないこともない。私はてんで戦う気はなかったのであるから、事実上従軍みたいなものである。

「ああ、Bからちょっと聞いた。でもねえ……」

と勿体をつける。

「いやなのかい」

「いやじゃないけどね。戦場の出来事なんて、その場で過ぎてしまうもので、書き留める値打があるかどうかわかんないんだよ。ただ俘虜の生活なら書ける。人間が何処まで堕落出来るかってことが、そうだな、三百枚は書けそうだ。だけど日本が敗けちゃって、国中がっかりしてる時に、そいつを書くのは可哀そうだな。もっとも今は共産党とかなんとかいってるけれど、そのうちきっと反動が来ると思います。その時書いてもいいですな」

　私はただてれていたにすぎなかった。それがX先生に見破られないはずはない。先生は長広舌を振う私の顔を憐むように見ていたが、

「復員者の癖になまいうもんじゃねえ。何でもいい、書きなせえ。書きなせえ。ただ三百枚は長すぎるな。百枚に圧縮しなせえ、他人の事なんか構わねえで、あんたの魂のことを書くんだよ。描写するんじゃねえぞ」

「へえ」

　しかしスタンダリヤンを捉えて、描写するなとは余計な忠告というものである。半年後出来上った百枚の原稿を、先生はほめてくれたが（私の書いたものが、先生にほめられた最初である）、あんまり描写がないのに、少し驚いたらしい。

「ふむ、こりゃいいもんが出来たが、どうもあんまりフィリピンの緑の感じが出てねえな。八犬伝の雑兵が、清澄山から東京湾を見下してるようじゃねえか。時々ちょっと描写を挿むと効果的なんだ」

私は内心凱歌（がいか）を挙げた。

伊東の宿屋で先生はなおも私を励ましてくれた。

「とにかくお前さんには何かある。みんなお前さんを見棄ててるが、お前さんのそのどす黒いような、黄色い顔色はなんかだよ」（私は胃弱なのである）

「俺も大岡の才能は認めてるんだ」と傍からY先生。

「何も俺はお前さんのこれまで書いた雑文を、とやかくいうんじゃないよ。しかし何かある。これは俺の信仰だ。これがはずれたら、俺のこれまでの生涯の方が間違ってるんだ」

かくまでの知遇に対して、私は黙って俯向（うつむ）いているほかはない。しかし停電をきっかけに、二階のX先生の室へ座を移してから、少し工合が悪くなって来た。

私はスタンダールに関する蔵書もノートも、偶然東京で焼いてしまっていた。知遇に調子づいた私が、

「俺もいっそさっぱりしたよ。スタ公ともこれでお別れだ。これからは少し自分の羽で飛んでみるんだ」というとおこられた。

「スタ公？　スタ公とは何でえ。何ということをいうんですか。あんたスタンダールを十年読んでたんじゃないの。その大切な人をスタ公なんて呼びすてにする奴がありますか。自分の過去を大事にしなきゃ、何も出来やしませんよ。なにい、自分の羽で飛ぶ？　ふん、なんだ、手めえの自分たあ。ただのフィリピン帰りじゃねえか」

私を除いて酔って来た。Y先生がX先生にからみ出した。

「お前さんには才能がないね」

「えっ」

とX先生はどきっとしたような声を出した。先生は十何年来、日本の批評の最高の道を歩いたといわれている人である。その人に「才能がない」というのを聞いて、私もびっくりしてしまった。

「お前のやってることは、お魚を釣ることとじゃねえ。釣る手附を見せてるだけだ。（Y先生は比喩で語るのが好きである）そおら、釣るぞ。どうだ、この手を見てろ。（先生は身振りを始めた）ほおら、だんだん魚が上って来るぞ。どうじゃ、頭が見えたろう。途端、ぷつっ、糸が切れるんだよ」

しかしY先生は自分の比喩にそれほど自信がないらしく、ちょろちょろ眼を動かして、X先生の顔を窺いながら、身振りを進めている。

「遺憾ながら才能がない。だから糸が切れるんだよ」

X先生が案外おとなしく聞いてるところを見ると、矢は当ったらしい。Y先生は調子づいた。

「いいかあ、こら、みんな、見てろ。魚が上るぞ。象かも知れないぞ。大きな象か、小さな象か。水中に棲息すべきではない象、象が上って来るかも知れんぞ。ほら、鼻が見えたろ。途端、ぷつっ、糸が切れるんだよ」

「ひでえことをいうなよ。才能があるかないか知らないが、高い宿賃出してモツァルト書きに、伊東くんだりまで来てるんだよ」

「へっ、宿賃がなんだい。糸が切れちゃ元も子もねえさ。ぷつっ」

こうなるとY先生は手がつけられない。私も昔は随分泣かされたものである。

私はいいが、驚いたことに、暗い蠟燭で照らされたX先生の頬は、涙だか洟だか知らないが、濡れているようであった。私はますます驚いた。

しかし、やがてX先生は反撃に出た。

「そうさ。あたしゃ才能がないさ。才能なんてけちなものは持ち合せちゃいないよ。才能なんてある奴は悪い奴だ。糸が切れて仕合せかも知れねえよ。天下国家のためにいいことかも知れねえさ。一体てめえは何だい。つまんねえいたずら描きを、装幀だとかなんとか、本屋を欺かして、売りつけやがって。なんでえ、実はただの怠け者じゃねえか」

あとは憶えていない。私は折角才能を認められて喜んだのも束の間、才能とは即ち悪にほかならないということになって、がっかりしてしまった。

やがて酒も尽き、私はY先生の家へ引き取ることになった。X先生に、

「今日はおとなしかったですね」というと、

「うむ、俺もこの頃は円熟して、人にもませるのが面白くなった」という返事であった。

先生はまた私に先生の関係している夕刊新聞に就職も薦めてくれたが、才能ある私はとにかく田舎で従軍記を書いてみるというと、

「うん、それもいいだろう」と肯いた。

その晩からY先生の家で碁になった。先生はX先生に水洟を垂らさせるほどの明智の士であるが、碁はいたって弱く、私に井目以下である。先生の計画は、打って返し、鶴の巣籠り、その他先生の辛うじて習得した手で、石を取るほかには他意なく、五手も六手もそれに使っているうちに、うまく嵌められた振りを装いつつ、ほかで大勢を制してしまえば必ず勝てる。

井目以下であるにも拘らず、私の出征中腕が上ったと称し、五目から始めた。十円賭の二番手直りで、朝まで打って井目に直し、一寝入りして、東京へ帰るつもりだったが、午

後起きて一緒に風呂へ入り、「ちょっと一番だけ」で始まると、負けた先生は口惜しがって離してくれない。賭もまた倍にせり上り、井目には風鈴を一つずつ増やすことにして、一上一下到頭風鈴四つ揃った次の日の朝、私は五百円ばかり勝っていた。しかし先生はまだ離してくれない。その日の晩は東京のA先生のところへ泊る約束をしていた。遂に私も負けなければ帰して貰えないと観念し、五百円全部賭けた一番にあっさり負けて、やっと解放された。

夕方上目黒のA先生の家へ着くと、意外にもB先生も待っていてくれた。襖(ふすま)を開けると、在日朝鮮人の造る濁酒を一本傍へおいて、先生が向うを向いて坐っていた。

私はその晩B先生に正式に謝った。

「フィリピン帰りの勢いで、実は君やみんなが小さくなった、小さくなったと吹聴して廻ってたんだがね、僕にはそんなことをいう資格はなかった。みんなは敗けた日本に、忠実だったんだが、僕は戦争に行ったけど、本当は戦争したとはいえない。つまり何もしなかったんだ」

B先生は黙っていた。

だんだん酔って来ると、私はしかしどうやら私に憑いているらしい兵士の感覚を語らずにいられなかった。門司で一週間船待ちしていた間に、壇の浦に臨んだ岬の先へ演習に行き、水際で休んだ時、私の考えたことを語った。

私は先で私を待ってる死について考えた。岸に近く一つの岩がわずかに頭を水に出し、そこに波が戯れていた。その水を見ながら、私は死んだ私の体は分解して、こんな水になってしまうであろうと思った。その時このいつまでも生きていたいらしい意識は無になっているであろうが、水はいつまでも宇宙に生き続け、この波のように動いているであろうと思った。その考えに私が慰められたのは、私の体から残ったものがまだ動き得るということであった。それはその時私が眼前に動く波を見ていたからだろうと私はいった。

私の告白を聞いてB先生はいった。

「なるほど、そんなものかね。多分ほんとだろう。だけどその君の言葉は君の踊りだ。それは今からいっておく」

B先生はいつも正しい。

私はその後「従軍記」を書くにあたって、自分の感覚が何であったかをさぐり、真実を語ったつもりであったけれど、その語るという行為は、たしかに現在の私の踊りであった。ただ私にはどうしても一度踊ってみなければならないということがあったのだが……

その夜私はB先生と枕を並べて寝た。私はすぐ眠ったらしい。翌朝B先生はいった。

「昇平って、気味の悪い奴だな。寝ちゃうと、まるで死んだみたいに、動かないんだね。

そいで、急に大きな声で寝言をいうから、びっくりするよ」

死んだみたいという形容は、私の復員者の意識に媚びた。

私は田園調布の保護者の家へ行き、文学をやることにきめたこと、うまく行かなくても、X先生の世話で勤め先があることを告げた。余分の電熱器（その頃ではまだ貴重品であった）を一つ土産に貰い、交通公社と関係のあった成城の友人が買っておいてくれた切符で、その晩の汽車に乗った。

汽車は相変らず混んでいた。通路に人がぎっしり立ち、両足がねじれて離れ離れにおかれたまま、動かせなかった。しかし一度兵隊に行った者には、こんなことぐらい何でもない。肉体の不便は、精神がそれを正しく肉体の範囲に閉じ籠めることが出来れば、あとは骨と筋肉の耐久の問題にすぎない。水筒の水も飲まないことにしたから、用便も大阪まで我慢するのに、さして苦痛を感じなかった。

人いきれの中で私の精神は勝手に動いていた。私に果して「従軍記」が書けるだろうか、とばかり考えていた。いくらX先生におだてられても、私は自ら顧みて自分に才能のかけらも見出すことは出来ない。青春の十年を無為に過し得たということ自体、私に文学的才能のない決定的な証拠である。

しかし私は文学には関係なくとも、神戸で会社員として六年、兵隊俘虜として二年、精神の力を使って来ている。使わなければ食うことが出来ず、あるいは死ぬ危険があったからだ。その間私の中に蓄積した精神の習慣が、もし働き得るものであれば、銀座の住人たるC子が突然料理がうまくなったように、私も私の「従軍記」を「うまく」書くことも出来るかも知れないと、虫のいいことを考えた。

しかし経験とは、そもそも書くに価するだろうか。この身で経験したからといって、私がすべてを知っているとは限らない。経験したため、却って見えなくなったことも、多々あるはずである。帰還以来日本の現実が、いかに私に見えにくいことか。無知に無知を重ねて、私に何が出来るというのだろう。せいぜい自分を欺かないために、他人を欺くという喜劇だ。

ただ私は「書く」ことによってでもなんでも、知らねばならぬ。知らねば、経験は悪夢のように、いつまでも私に憑いて廻る公算大である。そして私の現在の生活は、いつまでも夢中歩行の連続にすぎないであろう。

あの過去を、現在の私の因数として数え尽すためには、私はその過去を生んだ原因のすべてを、私個人の責任の範囲外のものまで、全部引っかぶらねばならぬ。私のような才能のない者が、どうしてそれをやらねばならぬのであろう。誰かほかにやる人はないものか。

人々の立ったまま眠る、夜半の満員の汽車の中で、感傷の涙が私を襲った。涙は快かった。

神経さん

神戸地方で「神経さん」といえば、精神障害者のことである。東京の医科大学の神経科は、たしか最近の改名に係るはずだが、関西ではいつか神経科といった時代があったらしい。

昭和二十年の暮、明石郡大久保の妻の疎開先に復員した私は、翌年六月東京のある夕刊新聞に入社するまで、その田舎町のまた町端れの、広い田圃を見晴らす二階で、私の前線の経験を書いて——というよりは書けないで——過した。

考えがまとまらないなどという高尚な問題ではない。およそ言葉をなさないのである。机に坐るのに倦(あ)きると、私は煙草をくわえ、畦道(あぜみち)伝いに、田中を流れる川の方へ行く。岸の枯萱(かれかや)の中に立ち、細い冬の水を見下したり、田圃が一丁ばかり向うの低い段丘で尽きるところの、白い往還を行く人を眺めたり、そうして一本を吸い終ると、ぶらぶら家まで引き返して来る。

大久保には昼日中、こんなことをしている人間は一人もいないのである。

「春枝さんも可哀そうに。折角御主人が帰ってやった思たら、神経さんとは気の毒な」と妻は近所の内儀さんに同情されていたそうである。

二里奥の岩岡という村の地主が建てた借家が、ごみごみかたまった一郭である。大久保町大窪百二十七番地、字山崎という集落は、赤煉瓦(れんが)の風呂屋の煙突をその目標としている。これは一里四方でたった一軒の風呂屋であったから、そこへ一分で行けるところに住居を得た我々は、よほど幸運であったといえる。

附近には朝鮮人が多い。終戦後殊に増えたのだそうである。例えばわが家と共に二軒長屋を構成する二階家には、上下共朝鮮人が住んでいる。下の朴さんは四十すぎの土木請負業者で、目下病臥(びょうが)中であるが、なかなかの顔とみえて、訪問客が絶えない。若い細君との間に、男の子が一人いて、傍若無人に我々の家へ上って来たりする。

二階には細君の妹とその若い連れ合いがいて、小麦から飴(あめ)を作っている。壁越しに聞える様子では、いたって仲がいいらしい。ただし姉妹は時々喧嘩(けんか)する。どたばた下と二階を上ったり降りたり、妹がアイゴ、アイゴと叫ぶ声が聞える。

わが家の裏手から道へ向っている平屋の五軒長屋も、二軒まで朝鮮人によって住われている。陳さんはどこか悪いのか、始終よだれを垂らしているのが印象的である。細君は少なくとも十は年上らしい。すっかり老い込んでいるが、子供は多く、十六を頭に七人の子の、一番下の二歳の男の子を、広幅の白布でおぶって歩いている。

朴さんの奥さんでも、陳さんの奥さんでも、私が感服したのは、よく洗濯することである。必ずしも当時彼等が石鹸を手に入れ易い位置にあったためばかりではない。水洗いを少なくとも五回、ゆすいだ後の水が、ゆすぐ前と少しも変らぬ透明度になるところまでやる。彼等の「白」の感覚は、我々日本人よりよほど進歩している。

女達は普段は甚だ粗末な服を着ているが、いざお祭とか示威行進とかになると、どこに隠してあったか、美しい赤や青の絹を着飾って出掛ける。

陳さんは飴を作ったり、豚を飼ったり、よく思惑を変えた。最後にわが家の玄関の前の、二坪ほどの空地に小屋を建てて、焼酎蒸溜機を据えつけた。機械は一つの釜と短いパイピングより成り、余剰物資として湯を排出するので、妻は洗濯に便利した。

工場とわが家の玄関は一間と隔てず、夕方酒が出来る頃、芳醇な匂いが遠慮なく屋内に侵入して来る。ついなけなしの金をはたいて御得意となる。陳さんは何故か私を先生と呼び、よく御初穂の一杯を、無償で持って来てくれたりした。

私は朝鮮人と接するのは、これが初めてであるが、幾多終戦的在日外国人小説の記載に拘らず、昔ながらの温和な国民の印象を受けている。彼等は多く南部人だったようで、国道にある聯盟支部の傾向も、過激ではないそうである。しかしこの支部が後に例の神戸騒擾事件の口火を切ったのだから、政治はむずかしいものである。

　こういう朝鮮人の間に混って住む日本人は、勤人、自転車屋、ペンキ屋、闇屋等々であるが、よく飴切り、焼酎蒸溜助手などに狩り出される。日本人の店子に対して、すこぶる誅斂苛酷である差配の吉田夫婦は、飴切りのエキスパートで、朝鮮人の店子に対しては、いたって腰が低い。

　勤人は出勤に当って、大抵二、三貫の芋を携えて行く。共済会用その他の口実で、神戸明石の駅で咎められても、名日が立つ。五、六貫を日に二回から三回、駅員の監視の眼に怯えつつ、神戸へ運ぶ戦争未亡人は、彼等を大いに羨ましがっている。

　わが家は二階の六畳と四畳半を私達夫婦と二人の子供が占居し、同じ室割りの階下に、妻の両親と妹が住んでいる。神戸の小工場の守衛である義父が出掛けに芋を持って出るのは、申すまでもない。

　さて私はといえば、応召前の勤務先であった神戸の軍需会社を、復員と共に「優先的に」馘になっていた。上京して古い文学の先輩を訪ねてみると、X先生が定価百円の美術、文学の豪華季刊誌を創刊しようとしているところであった。先生は私にその雑誌に戦争の経験を書けと薦めてくれた。

「戦場の出来事なんて、その場限りで過ぎてしまうもんで、何も記録するほどのものはないですよ。しかし俘虜の生活なら書くことがあります。人間が何処まで堕落出来るものかってことが、三百枚書けます。だけど今国中が敗けて、がっかりしてる時、そいつを書くのは可哀そうですね。しかしそのうち民主日本にもきっと反動が来ると思いますから、その時なら見せしめに書いてもいいです云々」

X先生は長広舌を振う私を憐むように見ていた。

「復員者の癖になまいうもんじゃねえ。何でもいいから書きなせえ、書きなせえ。ただ三百枚は長すぎる。百枚に圧縮しなせえ。他人のことなぞ気にしねえで、あんたの魂のことを書くんだよ。描写するんじゃねえぞ」

先生はまた先生が関係していた夕刊新聞への入社もすすめてくれたのであるが、私はこの方は断った。

「両方はどうもやれそうもないね。前の会社の退職金で、二、三カ月持ちそうだから、とにかく田舎で書いて、それから勤めさして貰います——少し贅沢かも知れないが、少し自分を大事にしてみようと思いますから」

自分を大事にするなんて、生れて初めての殊勝な心掛であるが、自分の何を大事にしていいのか、さっぱりわからなかった。いわゆる「書ける状態」を大事にするのか。しかし何が一体書けるのだろう。復員二カ月で書くことはおろか、読むこともかなわぬのである。新聞を読むのに骨が折れるのは、広告まで読んでしまうのが間違いだとしても、愛するスタンダールすら五頁とは読み続けられない。河出版バルザック全集に到っては、三行とたどれない。

たぶん私の頭の観念を聯結する機能が麻痺したのであろう。二年間兵隊、俘虜と続いた動物的な生活にあっては、私は人のいうことを理解する必要も、自分の考えを人に理解さす必要も感じなかった。

こうして半ば眠った私の頭を、真先に占めに来たのは碁であった。私は碁は素人としては強い方である。従って大久保には相手がいなかったが、幸い棋書が全部残っていたので、それをはじめから並べるのが、暫く私の日課になった。

私は碁を当今新聞の観戦子や安吾先生のいうほど、高尚複雑な遊戯とは思っていないが、故本因坊秀哉が盤の前の感想として、「水面に石を投げて、その波紋の拡がるのを見守るような気持」といったのは、なかなか洒落た表現だと感服している。一石が盤面に入り乱れた既存の石、あるいはこれからおかるべき石にどう響くか、とうてい人智をもって読み尽せるものではないが、一石の力が、結果として、「波紋の拡がるように」及ぶのは事実である。ものの他力の働きの範囲を、見守る如き無私の心境ありとすれば、たしかにこれは碁の最も高尚な部分であろう。

一体私は自分で打つよりは、独りで古人の棋譜を並べてみる方が好きである。それ等の棋譜の創造者になったような気がするからだ。この気分は忘れ難く、つい繰り返したくなる。

最上の療法は実戦を試みて、かかる高尚な境地に遊ぶことが出来る自分が、いかにつまらない手しか打てないかを知って、自己嫌悪に陥ることしかないが、あいにく大久保の田舎ではその機会がなかったので、私の独り並べは長く続いた。

朝起きてまず四、五局並べると昼、昼食後又四、五局、夜はさすがに疲れて二局ぐらいで寝床に入るが、入っても本は離さず、眠くなり、本が自然に手から落ちるまで読み続ける。そして翌朝目が覚めて第一の仕事は、昨夜寝床でそらでは頭に入り難かった局面を並べてしてみることである。

石を崩すのにも疲れ、子供を動員する。子供は大喜びだが、いくら復員後の静養とはいえ、こう毎日碁ばかりやっていられては、妻も悲観したらしい、義父もある夜意見らしいことをいいに来たが、どうしてそんなことで止まるものではない。

しかし碁は当時の私の頭脳にとって、手頃な体操だったと思っている。棋書の文章も、限られた字数で、棋理を呑み込ませねばならぬから、簡潔かつ要領を得ている。打着の進行という具体的事実が目前にあるから、空理に陥ることもない。威厳と風格すら具えている。

碁を解説するように、自分の経験を説き明かすことは出来ないものだろうか、と私は真面目に考えたものである。俘虜名簿と競争するという大目的を持つ私の記録の最初の部分では、私がいかにして俘虜となったかの経緯が語られるはずであった。比島の山中で落伍し、米兵に見出されるまでの二十四時間には、面倒な問題が含まれているらしかったが、さしあたり当時我々僻地(へきち)の小部隊がおかれていた位置を、せめて観戦子が布石を説くようにでも、説明することは出来ないものだろうか。

名人の棋譜は私に奇妙な自慰的快感を与えたのである。

私がこうして無為に日を過し得る根拠は、前述のように千なにがしの退職金であった。いくら闇煙草が十円であったその頃とはいえ、これで家族四人二カ月も無理である。三月政府は突如新円切替えを発表した時、わが家には新円と交換すべき現金は百円しかなかった。

主食の補いは妻が買いつけの岡山まで出張し、古洋服の若干が米に化けた。副食はとても附近の朝鮮人のように肉は買えない。だしじゃこと呼ばれ、文字通りだしを取るべき小さな干魚に醬油をかけたのが、わが家の最大の御馳走である。野菜の方は子供が川に芹(せり)を摘みに行く。芹には喰えるのと喰えないのとがあるが、五つになる上の女の子は、不思議に眼が利いていて、繁った溝の雑草の中から、ひと目で喰える奴を見分ける。「将来は植物学者にしたろか」と私は冗談をいった。

三月ともなれば、タンポポ、ヨメナ、または土地でピヨピヨと呼ぶ野草なぞ、農民は全然採らないので、田圃へ遠出すれば、いくらでも群生している。田螺(たにし)も、ある夜の食卓を飾ったものである。

薪を一里ばかり田圃を越して山へ伐りに行くのが、二、三日おきに私に廻って来る課業である。身体を使うのは兵隊俘虜で馴れ、荷を担ぐ姿勢にも、堂に入ったところがある。官林盗伐などむろん良心に咎めるところはない。自己の労力の消費において、公的財産も自分の領分までさらって来てしまえば、自己の所有と同じことになるのは、兵隊の生活の教えたところだ。

ただいくらさらって来ても、薪ぐらいでは生活に追い附かないところが、まずいところである。

救いの神が現われた。新円切替えに当って、私の前の会社の保護者が、封鎖預金を三千円廻してくれた。これが毎月八百円ずつ引き出せるので、私の怠惰はさらに五カ月延長されることになった。六月までに書けばよいわけだ。

なかなか書けない。書かなくても、その日が暮せるからである。そして復員者はその日さえ暮せれば、あとはどうにでもなると思っている。まさか強盗に入りはしないが、消極的なら、乞食したっていい理窟ではないか。

わが家の縁側は川に面している。二尺とない庭は低い崖となって、川を縁取る田圃に下りている。細長い庭にはむろん仕切りはなく、附近の人の近路となる。

東向きで、朝は日が当る。その通路の、わが家の戸袋の前、縁からは見えない場所に、よく蹲みに来る女があった。

齢は二十七八であろう。汚れてはいるが、田舎にしては派手な銘仙が、肩や腰の線をあらわに示しているのは、どうやら長襦袢を省略しているためらしい。丈が高く、頭が小さく、体つきは宝塚風に均整が取れているが、いかにも痩せている。縁側からのぞくと、蒼い顔を隠すように反け、すっと立って、行ってしまう。

「あれ、誰や」

「瀬戸物屋さんの親戚の人。病気らしわ」

瀬戸物屋さんとは、わが家から半丁ばかりのところに住む土地の人だが、最近明石の焼跡へ、店を出したところから、この名がある。女はその細君の妹で、戦争中大阪で女給をしていたが、終戦間際から病気のため、姉の家に寄寓(きぐう)しているのだという。

彼女は当然歓迎されぬ客であった。病気は肺結核であったから、子供がいる母家へ上るのを許されず、電気もない納屋に起臥している。わが家の縁先に来るのも、姉の家の附近では日向(ひなた)ぼっこする場所もないためであろう。

数カ月の後、彼女が遂にその納屋で死ぬまで、私は彼女が遂に物をいうのを聞いたことがなかった。死の数日前、彼女が顔をまんまるにむくませて、納屋の戸口に凭(もた)れているのを見た。怖い顔であった。


大久保で私の唯一の話相手は時計屋の安西さんである。西宮で焼け出されて、この集落の親許に帰り、通りから見える二階で、片眼鏡を眼窩(がんか)にはめて内職仕事をしていたが、やがて国道にバラックを建てて開店した。戦時中から毀(こわ)れっぱなしになっていた、古いウォルサムの修繕を頼みに行ったのが縁で、口をきくようになった。

田舎には珍しい華奢(きゃしゃ)な顔と体軀(たいく)を持った青年で、カトリック信者であった。長崎の神学校を退校された原因は、夜、塀を乗り越えて映画見物に行ったためであった。やはり信者の奥さんとの間に生れた当歳の子供を、神様に捧げることにきめているのは、校長の最後の教訓によるそうである。

私は彼に『パルムの僧院』の中のカトリックの術語について質問した。彼はしかし教会の歴史には暗いようであった。法皇無謬説を信じている彼は、私が引用するアレッサンドロ六世の行状を、信じられないという顔附で聞いていた。

安西さんに連れられて、垂水の会堂へ弥撒を聞きに行ったことがある。会堂は戦後いち早く新築され、その屋根を飾る木製の十字架が、踏切りを渡るとすぐ、道の突当りに見えた。

朝の陽に光る十字架に向って歩きながら、私は不思議な感動を覚えた。十字架に向って歩くのは初めてではなかった。東京のミッション・スクールの中学生であった私は、ひと頃この異国の神の象徴に対して、甚だ感傷的だったものである。霞町から材木町へ上る坂の中途の、一つの会堂の十字架を特に私は憶えていた。市電が高樹町から急坂を下りるに従い、その十字架が窓外にせり上って来るのを、私は首を差し延べて眺めた。同じ坂を歩いて登る時なら、ゆっくり後向きに歩いて、上るにつれ、十字架が光りながら低くなって行くのを見続けた。

現在の私は何の信仰も持っていないが、前線で弱兵たる私の心が少年時に帰るのを意識し、病める俘虜の閑暇にあって、聖書にいささか頼るところがあった。

ナザレの大工が神の子であるとは信じ難く、マリヤの処女懐胎に西洋の蒙昧(もうまい)を察した新井白石の合理主義に、私は大体賛成であるが、この無稽なものに、今私の心が動くのは事実である。そして戦場で私の中で起ることは、どんなに無稽なものであろうとも、すべて真実と見做(みな)して来た習慣の延長として、この感動もまた否定したくない。ただそれを私の中のどこへおくかが問題だ。

会衆は白布をかぶった女達が優勢であり、戒律を唱えた。「姦淫するなかれ」の如き、あまりにも当然な道徳も、高い女声で長く引き延ばして歌われると、妙に性的な感動を覚えた。

私は聖餅を作る司祭の、複雑な動作の結合に感服して会堂を出た。安西さんはその日は懺悔(ざんげ)はやめにして、私をそのフランス人の司祭に紹介してくれた。依然として『パルムの僧院』中の術語について問い糺(ただ)したが、彼も一八一四年のイタリヤの司教会員の身分について、詳しくは知らなかった。スタンダールは危険な作家であるから、あまり近寄らない方がいいと、最後に注意された。

義父の門衛の給料では大久保では食って行けないので、一家は山口県の秋吉台に近い山奥に引込むことになった。そこには遠縁の者が、戦時中から疎開を兼ねて、半恒久的に帰農していた。義父が周防灘沿岸都市へ食糧を持ち出し、大久保の農家の出である義母が農業の技術を、十七歳になる娘が体力を発揮すれば、大久保の高い闇値で苦労するより、遥かに安楽な生活が送れるであろうという予定である。

義父は六十、義母は五十九であった。戦時の過重労働、戦後の失業と重って、義父は体力を使い果していた。あるいはその厚狭郡小野村という片田舎が、死場所になるかも知れないというほど、気を落していた。義母は殊に大久保が生地であるから、話相手もない見知らぬ土地へ行くのをいやがった。しかし恒産を持たぬ老夫婦にほかに道はない。

「せめて春枝だけでも男やったらな」と娘ばかり三人持った父親は歎いたが、哀れな失業復員者たる私には、どうしてやれるものではない。

遂にある日彼等は蒲団だけ小荷物で出し、鍋釜その他世帯道具一切を背負って、大久保の駅から汽車に乗って行った。涙は流れなかった。

義父達の立ち退いた後、我々は上下四間を占居し、私は二階の勉強部屋、つまり碁を並べる室にしていたが、やがて差配の吉田に強制されて、そこを空けねばならなかった。権利金が吉田の主要な利得をなしていたからである。

新入者は一里ばかり離れた村に家を持つ土木師であった。五十がらみの、「若い時はいい男」型の男である。人絹の着物を着た若い女を連れていたが、これは彼の戦死した長男の嫁だそうである。彼はその女に国道に大福餅とレモン水を売る小屋を開かせていた。夜は二階で晩酌をして、浪花節を唸っていた。

焼酎製造業の陳さんが失踪した。故国へ密航すると友達に言って行ったそうである。年老いた妻と十六歳の娘は家の前に葉竹を四本立て、着飾って踊りながら周囲を廻った。駆り立てられて来た近所の同国の女達も盛装し、鉢を叩いて奇妙な歌を伴奏した。こうすれば旅行者はその場で足が進まなくなるそうである。

村でも春祭りが行われた。赤い布を張りめぐらしただけの粗末な山車が、鎮守の森へ出動し、木製の鉾が辻々に持ち廻られ、若者達が猥褻な歌と共に、それを土に立てて廻した。差配の吉田の内儀さんが祭酒で酔払い、わが家の二階へ呶鳴りながら上って行った。留守居の女を「淫売」と呼んだことから、問題が大きくなって来た。吉田の家は仲間に襲われ、夫婦は袋叩きに会った。吉田は二、三日検事局に訴えると触れ廻っていたが、ある夜大酒宴があって、手打になった。吉田は結局一万円の権利金を踏み倒された。

二階ではよくすき焼の匂いをさすので、これは下に住む子持の夫婦者にとって、微妙な問題であった。妻はさらに古着二、三着を持って、義父を見舞いかたがた、山口県の田舎へ米と替えに行った。二人の子供を連れて満員ののろい汽車に十五時間揺られ、さらにバスで二時間入るのである。改札口まで妻は元気に歩いていたが、汽車に乗り、子供達を通路に横たえたトランクに腰掛けさせると、傍に突伏してしまった。

私は留守中盗電の電気コンロでウドンコを焼き、庭先に義母の丹誠で実った莢豌豆(さやえんどう)をちぎって、副食にした。しかし依然として言葉は綴れなかった。


数日後帰った妻は、安く交換した米を小郡の駅で取上げられ、竹の子だけしか持って帰らなかった。私も食糧をそう妻にばかり任せておくわけに行かない。大久保は前年の水害で米がないのであるが、奥の岩岡へ行けば、少しは持ってる農家もあるという話である。私はさらに一着の古着と、取っておきの桐下駄その他、農家の喜びそうな品をリュックサックに入れると、単独行商に出掛けることにした。

行きがけに、田圃の向うの道に沿った一軒の家で、戦争未亡人が売っている、二十本五円の格安の闇煙草を買い、その道をそのまま山へ向った。

上陸地で渡された復員服に戦闘帽、古いスキー靴を穿(は)いた古典的服装である。

川向うには、山崎の村の目標である風呂屋の煙突が、今日は風呂があるとみえて、細い煙を吐いている。不恰好なわが二階家も見える。その縁側に妻が立って、こっちを見ている。道が先で一つの小字に入るところで、振り返ったが、妻の姿はまだ縁側にある。今日はどうしても米を持って帰らずばなるまい。

人家をはずれると薪を採りに通い馴れた野中の道となる。五月の原にはタンポポが咲き、夥しい雲雀の声が空の高みから降って来る。前途はともかく、すこぶるいい気持だ。独りで歩くのは、復員後私は特に好きである。

一里行って山にかかる。谷をせいた溜池をいくつも廻り、細い沢を遡る。あと一里で三百メートルばかり上ればいいので、わけはない。

岩岡は鉄道沿線の大久保とは別天地ののどかな農村の景色である。瓦と壁の明るい農家がしーんと静まり返っている。台地を耕作しているので、到るところ溜池があるのが、この地方の特色である。池が大抵三角の形をしているのは、どういう必要からか知らん。

いかにも豊かに、落ち着き払っている農家には、初心者には入り難い。二、三軒中を窺いながら通るうちに、いつかその集落を通り越していた。別の集落が大きな溜池を隔てて、遠く光る屋根を重ねている。あっちへ行ってから、入ることにしよう。

池の堤の長い道には、タンポポが咲き乱れている。疎開者の少ないこの辺では、さらに取る人が少ないと見え、大久保と比べものにならないくらい多い。踏んづけて行く。

その集落には煙草屋や菓子屋があり、家々も門を構えて一段と大きく、ますます入り難い。通りはよして横丁に切れると、すぐ田圃に出てしまった。麦がよく実って黄ばみかけている。家々はみな裏を向けていて、静かな後庭で、昼下りの仕事をしている女達が、胡散臭そうな眼を一斉に向ける。ここはやめだ。次の集落こそ、取っつきの家に入ろう。

松の丘を越えて次の集落の取っつきの家とは、何とか八幡という神社であった。草の繁った境内を抜けると、いきなり一軒の家の庭へ出た。復員服を着た若者が牛の世話をしている。〈こいつ下士官だな〉階級章はなくとも、眼附でそれと知れるのである。

私の口から出たのは、意外に鷹揚（おうよう）な言葉であった。

「米売ってくれませんか」

「さあね。あっちで聞いてくんなさい」

と兵隊特有の、どこの方言だかわからない言葉で、横を向きながら相手はいった。

少し離れた母屋の土間から、禿頭の親爺が、にたにた笑いながら出て来た。

「米なんかありまへんわ、みな供出してしもたよって」

嘘を吐け。

「金でいけなかったら、洋服も持ってますが」

親爺は改めて私の姿を頭の頂天から足の爪先まで見下した。

「いや。ありまへん。隠してるやろ思うてるらしが、ほんまに、みな出してしまいましたわ」

後でこの話を聞いた大久保の妻の伯父は、

「そりゃ、大岡はん、そんな東京弁使たら、買出しに化けて、県庁から探りに来た、思われたんや」

とにかくこれ以上懇願する技術を私は持っていなかった。「さよなら」といって、踵を返した。

再びタンポポの咲いた土手に出て、腰を下した。一軒の農家が、相変らず整然たる姿で、そこに陽を浴びている。中に人がいるのかいないのか、物音とても聞えぬ。空高く雲雀の声が耳につく。

坂の上からふらふら女が一人降りて来た。髪を引っつめ、モンペを穿き、手に七、八足の女下駄を、これ見よがしにぶら下げている。女は私の前をしないを作って通りすぎ、その静かな農家に入った。なるほどあれが本物の行商人だな。下駄なら俺だって桐の本マサを持ってるが。

女はすぐ出て来た。ぶら下げた下駄の数は減ってるらしくない。入ってから出て来るまでの時間では、どうも商談は成立したらしくない。

私は商売を諦めてしまった。見送ってくれた妻に申訳がないので、咲き乱れたタンポポ

を、リュックに一杯摘んで、帰途についた。道は往路よりよほど長いような気がした。玄関から、

「あかんわ。どこにも米あらへん。四五軒入ってみたけど、みなだめやった」

「きっと、そんなことやろと思てた」

と妻はいった。そして翌日妻は伯父の家から、トマトを安く分けて貰い、戦争未亡人に連れられて、神戸へ売りに行った。米は高い金を出す気なら、神戸の方が沢山出廻っているのである。

私もいつまでも碁を並べているわけに行かなくなった。封鎖預金もあとふた月でなくなる。七月からX先生紹介の新聞社に勤めるとしても、その月は月末まで収入がないわけであるから、最後の六百円は取っておかねばならぬ。

追いつめられて、私は俘虜になるまでの二十四時間に、私が何者であったかを、私自身納得出来るだけのことしか書けなかった。

そしてそこに、復員後初めて、困難が私を待っていた。

II

ミンドロ島誌

「麻逸国」について

一兵卒として比島に行き、未開のミンドロ島の警備に廻された私にとって、現地で比島に関する知識を得る手段はなかった。サンホセの住民から習得した多少のタガログ語が私の唯一の比島土産であるが、サンスクリットの美しさを伝えているといわれるこの原始的なマレイ言語も、今は大方忘れてしまった。

帰還後私は古本屋で出来るだけ比島に関する本を漁(あさ)っているが、怠惰な探求者の眼につく数なぞ知れたものである。それにどの本もルソン島とミンダナオ島ばかり詳しく、わが懐かしのミンドロ島に関する記載はいたって尠(すくな)い。

それだけに石田幹之助氏著『南海に関する支那史料』(昭和二十年四月生活社刊)によって、『諸蕃志』がルソン島の一部がパラワン島と共に「三嶼」と一括取扱っているにも拘(かかわ)らず、ミンドロ島を「麻逸国」Maitとして独立の一項目を設けてあるのを知った時はうれしかった。

『諸蕃志』は宋の官吏趙汝适が宝慶元年（一二二五年）の撰述に係り、当時の類書を集大成したものの由である。その頃比島は無論スペインによる殖民化以前で、各種原住民が分立して、支那、マレイ方面と産物を交易していたという。現在ミンドロ島の首都はルソン島に面したカラパンであるが、その附近に産するコプラは近代の需要によるものであるから、昔時の首都は必ずしもここではなかったであろう。

一種のお国自慢に似た気持から、私は自分が駐屯していたサンホセを「麻逸国」の首都と空想した。ここはミンドロ島西南に位置し、現在は砂糖工場の存在によって西海岸随一の町である。そして一湾を抱えたその地勢からして、西海岸一帯の豊かな農産物の集散地となる資格ありと思われた。

私は無論『諸蕃志』の原本によって確めたいと思ったが、仮にこの種の書籍を見る機会が与えられたとしても、私の漢文の素養では到底解読の望みはなかった。そこで私はいつまでも漠然と自分のお国自慢的空想を楽しんでいた。

しかしその後パウロス著法貴三郎氏訳『フィリッピン史』（昭和十七年生活社刊）で『諸蕃志』の一部の邦訳を見ることが出来た。それによると「麻逸国」はどうもミンドロ島ではないようである。

「麻逸の国はボニ（渤泥、ブルネイまたはボルネオ）の北にあり、曲折する河流のほとりに約三千の家族が住んでゐる。住民は敷布様の布即ちサロンを纏つてをり、広漠たる森林の中に銅製の仏像が散在してゐるが、誰も何処から持つて来られたか知つてゐる者がない。支那の交易船は入港すると広場の前に錨を下し、土地の物産と交易する。支那の商人は官吏の好意を得るために白い洋傘を贈る」

この叙述は、英訳からの邦訳という二重の作業の間に、重大な誤謬の生じていない限り、どうもこの記述はサンホセやカラパンには該当しないようである。どう考えてもマニラだ。（なおマニラ近郊からは今も支那製の古い壺や陶器が発掘されるそうである）

パウロスによれば、スペイン人の渡来後ミンドロ島が名を挙げたのは、むしろ海賊の根拠地としてである。即ちミンダナオ島から渡って来たモロ族はこの島の一部を根拠として附近諸島を荒し廻り、パナイ島にあった総督レガスピーは一五七〇年一月、大規模な討伐を行わせている。討伐隊は西岸に上陸して所在の海賊都市を攻略したが、更にその本拠たるルバング島を陥れた。ルバング島はルソン、ミンドロ間の海峡に横わる小島で、戦争中はわが警備隊の一部も駐屯し、別に船砲隊がいた。マニラ湾口を扼する要衝の一つである。

スペインの統治は十七世紀初頭、パラワン島及びモロ族の勢力範囲たる南部諸島を除き、比島全般にわたってほぼ完成した。しかし北部でもミンドロ島のみは依然モロ海賊に荒されて、永らく住民なく、ただルソン島から移住した一部海賊がいるだけであった。海賊は主として住民を拉致してマレイ方面に奴隷に売った。

スペイン人は屡々討伐を行ったが鎮定し得ず、この状態は大体一八九八年米西戦争まで続いた。そして比島がアメリカの手に移ってからも、ミンドロ島はパラワン島と共に、長くアメリカ軍の駐屯を拒んでいた。

して見るとミンドロ島はとても『諸蕃志』に書かれたような平穏な商業国ではなく、純然たる海賊島である。海賊が特にこの島を選んだのはルソン島に隣接している便宜からであろう。

太平洋戦争初期、米軍の一部はこの島の北端に潜み、マニラ湾に出入りする船舶を監視していた。昭和十九年十二月、彼等がルソン島攻撃の中継基地として上陸したのもこの島である。

砂糖会社と教会について

比島には到る処に砂糖会社があるが、大抵「セントラル」と呼ばれている。社名かと思っていたが、どうもそうではなく、中央処理工場の意味らしい。比島の住民はその畠で採った甘蔗をここに集めるのである。

我々の駐屯したミンドロ島のサンホセにも砂糖会社があり、やはり「セントラル」といっていた。しかし甘蔗畑は広大なもので、どうやら直接会社に属していたらしい。社宅工員の住宅なども画一的に整い、全体としてよほどの計画性が窺われた。但し工場は戦争以来休転していた。

住民は信心深かった。会堂は木造の粗末なものであるが、独逸人の司祭は住民により畏敬され、出生から命名、葬式その他あらゆる身の上相談にも応じていた。

こういう教会の権威から私はそれがかつて住民の地主であったからではないか、と想像した。そしてその広大な農園がそのまま砂糖会社に引き継がれ、現在の甘蔗畑になったのではあるまいか、と。スペインのジェズイット的統治は、こんな僻地に教会以外に大地主を発達させたとは思われなかったからである。

帰還後得た知識によれば、私の想像がほぼ的中していたのは、いささか得意とするところだ。

前に引いたパウロスの歴史によれば、サンホセの荘園は一八九四年リコレクト教団に与えられたが、一九〇二年米総督タフトはフィリピン政府の名によって、全比島に所在した四十二万五千エーカーの教団の土地を買い上げた。この元教団所有の土地に限り、払下げに坪数の制限なく、個人に大面積が貸付けられ、ミンドロの荘園は一人の官吏を含む一アメリカ砂糖会社に売却された。

パウロスの歴史記載はここで終る。以下は池田曄氏著『フィリッピン』（昭和十七年中川書房刊）に拠って補う。

「一九一〇年以前のフィリッピンの砂糖事業は、専ら土民達により小規模な原始的方法で行はれてゐたに過ぎない。その製品も黒砂糖に限られてゐた。一九一〇年初めてアメリカ資本により、近代的な製糖工場がミンドロ島に設立され、そこで分密糖が製造されたが、事業は惨憺たる失敗に終つた。しかしその後もアメリカとスペインの資本が引続きこの事業に投下された」

この事業失敗後加わったというスペイン資本は、大司教の所有する「フィリピン銀行」なのであるから、サンホセはよくよく坊主と縁がある。

「曽てフィリッピン・トラスト会社（これも大司教の所有である）がミンドロ島の砂糖会社に保証を与へたことがあるが、会社が破産したので、フィリッピン銀行が、その甘蔗栽培園と砂糖工場を肩替りしたことがあつた。そのため一九二〇年代を通じて、同銀行は数百万ペソを社債の形で『白人の墓場』といはれるこの島へ注ぎ込んだ。そして遂に一九二八年には、フィリッピン・トラスト会社のこの砂糖工場に対する融資総額は、同社積立金の七五パーセント、その資本の十倍を超える尨大なものとなつて、銀行を破産の一歩手前まで導いてしまつた。大司教はアメリカから百五十万弗の融資を受け、又エキスパートを招聘して事業の建直しを計つた。ミンドロ島の砂糖事業が十五年以上に亘る大損失続きの後、漸(ようや)く黒字となつたのは一九三〇年代になつてからである」

　フィリッピン銀行は一八五一年の創立、一九一六年まで単一の紙幣発行銀行であった。一九〇二年の土地買上げに際し、政府が払った七百二十三万七千弗が、同行の有力な資産であったのは疑いない。この資本はこの意味でスペイン系といえるが、それがほぼ完全にアメリカ化したのが、もと教会の所有地に出来た砂糖会社が機縁であったのは奇妙である。

　我々が駐屯していた昭和十九年には社長は比島人であった。一九三〇年からこの年までの会社の歴史は今のところ不明である。工場は休転し、なお二万俵あったストックを住民に配給制を取っていたが、日本軍には随時公定価格で捲(ま)き上げられていた。それでも会社は秘かにマニラへ闇で売る機会を見つけていた。休転のため銹(さ)びた機械を将来修理するだけで五年かかると、社長は歎(なげ)いていた。

西矢隊始末記

比島派遣威第一〇六七二部隊西矢隊（固有名独立歩兵第三五九大隊臨時歩兵第一中隊）ガ組織サレタノハ、昭和十九年七月二十五日ルソン島南部バタンガスニオイテデアル。同年六月十三日東京都麹町代官町東部第三部隊（近衛歩兵第三連隊）ニオイテ結成サレタ、輸送大隊ノ一部デアッタ。バタンガスニオイテ他部隊ニ転属ニナッタ者八ノホカハ輸送編成ノママ、任地ミンドロ島ニ赴イタノデアル。

中隊長陸軍中尉西矢政雄以下将校下士官ハ東京都及ビ近県ヨリノ臨時召集ニ依リ、兵ハ昭和十九年三月十八日ヨリ六月十日マデ、東部第二部隊（近衛歩兵第一連隊）ニオイテ教育サレタル東京ノ補充兵ヨリ成ル。自分ハソノ兵ノ一人デアッタ。

六月十七日午後三時品川発、十八日朝門司着、市中民家ニ分宿セル後、二十八日輸送船第二玉津丸ニ乗船。七月二日夕刻船団九隻ヲ以テ出港シタ。東支那海ヲ一路南下。護衛駆逐艦四隻。

沖縄沖ニテ兵ハサイパンニ敵上陸ノ報ヲ知ラサル。

十日朝台湾ノ山々ヲ見ル。東海岸ニ沿ッテ半日航行後、突如水平線上ノ護衛艦爆雷ヲ投ジ始メ、船団ハ回頭シテ北上、夕刻基隆（キールン）港ニ入ッタ。翌日出発、西海岸ヲ南下スルコト二日、三日目ノ朝台湾ヲ見ズ。波高クバシー海峡ニカカレルヲ知ル。

十二日午後六時二十分、後ニ航行中ノ日蘭丸ノ船尾ヨリ黒煙上ル。全員退船準備、魚雷ジャナイ失火ダソウダ、「ワレ船尾ニ魚雷ヲ受ケタルモ航行ニ差支エナシ」ト無電ガアッタ、ナド流言飛ブウチニ、同船ハ僚船一ト共ニ次第ニ後レル。数分ノ後、同船ハ突如船首ヲ高ク水平線上ニ掲ゲ、瞬時ニシテ没シ去ル。米潜水艦ピランハノ雷撃ニヨルモノデアッタ。生存者千名弱、搭載人数ノ六分ノ一デアッタ。

幸イ犠牲ハ右一船ノミ、夕刻ルソン島北端アパリニ着ク。比島ハ当時雨季ニシテ霖雨（リンウ）アリ、気温下ル。沈没船ノ生存者ヲ収容スル僚船ヲ待ッテ一晩碇泊（テイハク）。翌朝出発。

ルソン島ノ火山性ノ山容嵬崛（カイクツ）。岸ニ迫レル翠巒（スイラン）ト白キ灯台絶エズ左舷（ゲン）ニアリ。十五日未明マニラ着。遮光セザル灯火ノ岸ニ連ナルヲ見ル。真紅ノ朝焼。

郊外アルベルト学校ニ宿営。校庭ニテ飯盒炊爨（ハンゴウスイサン）。柵外ニ比島ノ子供ラ、バナナ、マンゴー、飴（アメ）ナドヲカザシ、「チェンジ、チェンジ」ト叫ンデ蝟集（イシュウ）シ来ル。外出許サレズ。軍票支給サレズ。兵隊オオムネコノチェンジニヨッテ私物ヲ失ウ。

輸送大隊中我中隊ヲ含ム二個中隊ハ、当時ルソン島南部ヲ警備セル第百五師団（勤、津田義武中将）ニ属スル大藪隊（固有名独立歩兵第三五九大隊）ニ配属、ミンドロ島警備ヲ命ゼラル。二十二日トラックニ分乗シテ、大藪隊所在地タルルソン島西南ノ港町バタンガスニ向ウ。ソコヨリ対岸ミンドロ島ニ渡ルノデアル。

大藪隊ハ同年七月マデミンドロ島北部カラパンニ大隊本部ヲ前進サセテイタガ、我々ノ到着ト共ニバタンガスニ引揚ゲタノデアル。ルソン島防禦強化ノタメノ処置デアッタ。

元来我輸送大隊ハ渡兵団（第十四軍）補充隊トシテ、マニラ周辺ノ警備ニ就ク予定デアッタガ、内地参謀ト現地参謀ノ間ニ意見ノ相違アリ（端的ニイエバ現地参謀ハ我々ノ如キ装備訓練劣等ノ兵隊ハ要ラナイトイッタ由）、着クニハ着イタガ、現地デハ我々ヲ作戦通リ使用スル意志ナク、然ルベキ兵器弾薬モ支給サレズ、僻地ノ警備ニ当テラレタノデアル。

シカシコノ混乱カラ我々兵士ハ一ツノ利益ヲ受ケタ。即チ我々ハ上官トシテ将校（准尉欠）下士官（曹長欠）ヲ戴クノミデ、カノ班内ノ暴君上等兵ヲ持タズニ済ンダコトデアル。任地ニツクト下士官ハ別室ニ集マッタカラ、我々ハ少クトモ班内デハ平等デアッタ。

カツ中隊長ノ方針デ我々ノ教育（我々ハ前線ニ着イテモナオ教育中ト見做サレタ）ハカナリ寛大ナモノデアッタ。頻打ハメッタニ行ワレズ、演習モ必要以上ノ過激ニ到ラナイ。

兵ノ三分ノ二ガ昭和七年徴集ノ三十四、五歳、三分ノ一ガ昭和十八年徴集ノ二十一歳ノ補充兵デアッタ。中隊長西矢中尉ハ当時二十六歳、山梨県勝沼ノ人、幹部候補生出デ、ノモンハンノ戦闘ヲ知ッテイタ。下士官モ補充兵ダッタガ、支那事変ノ経験ガアッタ。タダ三人ノ小隊長ノミ、初メテ戦場ニ出ル大正ノ志願兵上リノ少尉デアッタ。

バタンガスデ我々ハ戦争初期日本軍ニヨッテ加エラレタ砲撃ノ跡ヲ見、住民ノ明ラカニ悪意ニミチタ眼ヲ見タ。約一週間治安警察署長官舎ニ宿営。演習。二十八日ヨリ三十日ノ間ニ小型発動機船（内地漁船ヲ乗員ト共ニ徴用セルモノ）ヲモッテ、一個小隊ズツ出発、ミンドロ島ノ三ツノ任地ニ向ッタ。

ミンドロ島ハルソン島ノ西南ニ接シ、縦約百五十キロ幅最広部ニテ約七十キロ、ホボ我四国ノ半分ノ面積ヲ占メル。リンガエンカラバターン半島ニ到ル山脈ハ、マニラ湾口デ海ニ没シ、約百五十キロヲ経テ再ビコノ島ノ西北端ニ上ル。主脈ハソレヨリ西南ニ走ッテカラミアン諸島、パラワン島ヲ経テボルネオニ到リ、南シナ海ノ東縁プラトフォームトナルガ、東南南ニ向ウ一支脈ガ標高二千米ノ中央山脈トナッテ、島ノ脊梁（セキリョウ）ヲ形ヅクッテイル。ソノ東側、雨量多ク、米、玉蜀黍（トウモロコシ）ヲ産シ、北部カラパン附近ニテコプラ、南部丘陵地帯ニテ木材ヲ産スル。

西矢隊ノ警備地区ハ島ノ西部及ビ南部デアル。中隊本部ハ第三小隊（隊長井上昇少尉）

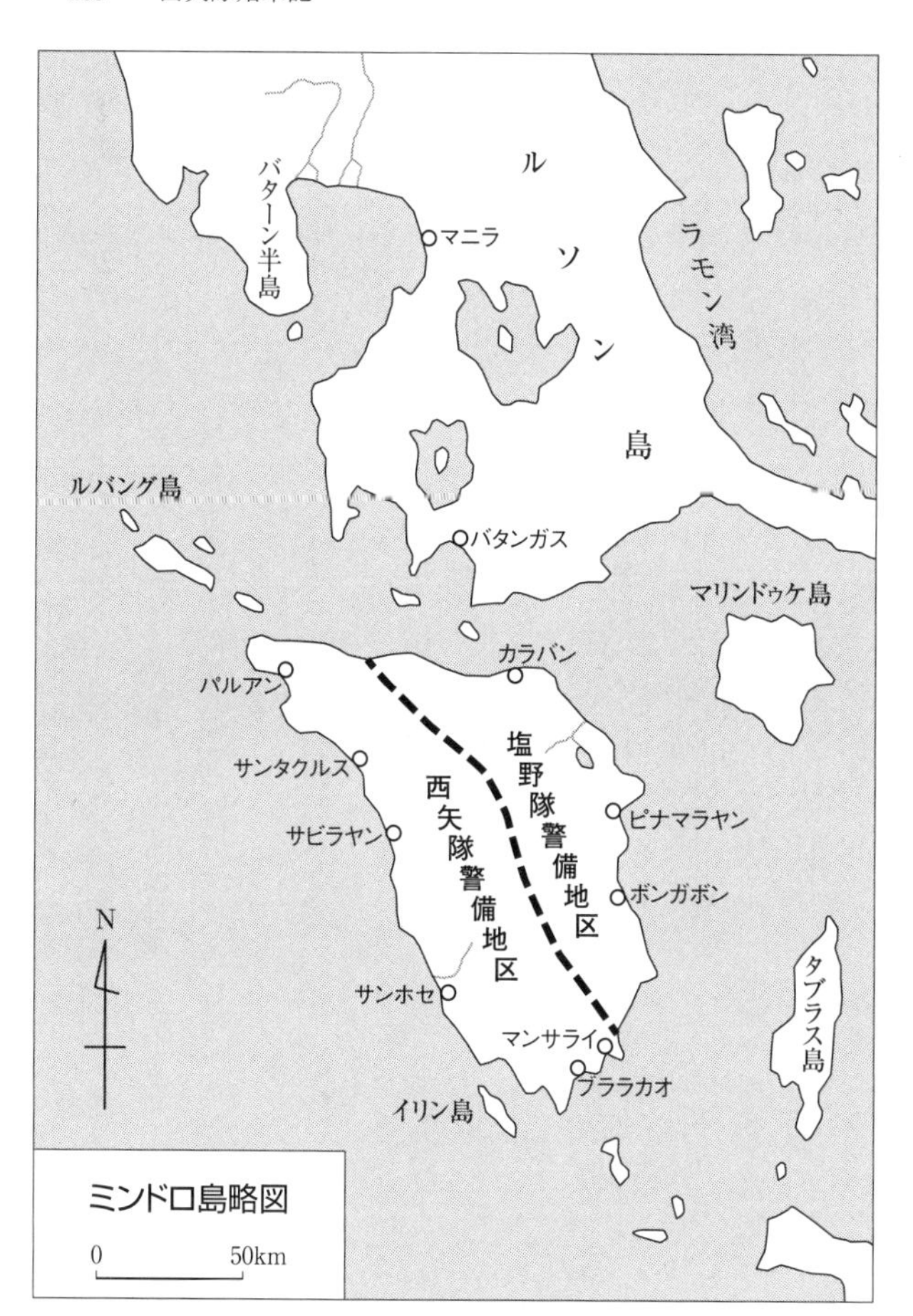

バターン半島
マニラ
ルソン島
ラモン湾
ルバング島
バタンガス
マリンドゥケ島
カラバン
パルアン
サンタクルス
サビラヤン
塩野隊警備地区
西矢隊警備地区
ピナマラヤン
ボンガボン
タブラス島
N
サンホセ
マンサライ
ブララカオ
イリン島
ミンドロ島略図
0
50km

ト共ニ西南端サンホセニアリ、第一小隊（隊長田中泰一郎少尉）ハ東南ブララカオ、第二小隊（隊長渡辺勝少尉）ハ西北端パルアンニアッタ。残部及ビルソン島ヲ隔テルベルデ海峡ノ入口ヲ扼（ヤク）スルルバング島ヲ、臨時歩兵第二中隊（塩野隊）ガ担当、中隊本部ハ第三小隊ト共ニ北部カラパン、第二小隊ガ中部東海岸ピナマラヤン（サラニ一個分隊ヲ南方ボンガボンニ分遣）、第一小隊ガルバング島ニアッタ。

兵器ハ内地カラ持ッテ来タ三八銃ニ弾薬一人約百八十発。バタンガスデ分捕品ノ重機ガ支給サレタガ照星ハ曲リ威嚇ノ用ヲナスニスギナイ。

シカモコレガ中隊単位ニ一挺ノミ、中隊本部ト共ニイナイ小隊ハ全ク機銃ヲ欠イタ。西矢隊デハ後サンホセニ不時着セル飛行機ヨリ旋回機銃ヲ取リ、木製ノ床尾ヲツケテ漸（ヨウヤ）ク各小隊ニ分配スルヲ得タ。十一月ニ到ッテ初メテ手榴弾ガ各自一個ズツ支給サレタ。

三十日夜、自分ヲ含ム第三小隊ハ中隊本部ト共ニ、島ノ南端マンガリン湾口ノ漁村カミナウエ着。ガソリン・カーニテ十キロ北上サンホセニ着ク。

サンホセノ町ハコノアタリニ開ケタ小平野ノ北端ニ位置シ、人口約七百、比島人経営ノ砂糖工場ヲ中心ニ集マッタ、ルソン島及ビビサヤ諸島ヨリノ出稼ギ人ヨリ成ル。セントラル、ミンドロ、ルバング等ノ部落ヨリ成リ、会社ガ建造シタ多数ノ木造トタン葺（ブキ）ノ劃一的ナ小屋ガ、戦争以来工場ノ休転ノ結果、多ク空屋トナルカ、附近農民或イハ労働者ノ農ト化シタ者ニヨッテ住マワレテイタ。

　別ニ赤屋根ノ高級社宅ガ丘上、林際ニ点在シ、工場主ハジメ高級社員ノ大部分ガ残ッテイル。彼等ハメッタニ外出セズ、終日麻雀ニ耽ル。下層民ハ闘鶏モシクハトランプ博奕ニ耽ル。

　戦前米軍ハコノ地ニ不時着飛行場及ビ無電塔ヲ設置シ、一個小隊ガ駐屯シテイタ。戦争初期我駐屯兵力ハ一個中隊デアッタガ、治安定マルニ及ビ一個小隊ニ減ジタ。任務ハ主トシテコノ不時着飛行場ノ確保デアル。

　ナオ別ニ陸軍航空隊気象観測班一個中隊（人員六名）ガ社長邸ヲ占有シテイタ。西矢隊ハソノ無線機及ビ通信手ヲ借リテバタンガスノ大隊本部ト連絡シタ。

　サンホセ警備隊ニハソレマデハ師団通信隊（威一〇六六四部隊）足立道人軍曹以下八名ガ配属サレテイタガ、西矢隊進出ト共ニブララカオニ転属ニナッタノデアル。状勢緊迫ニ伴イ南部ミンドロノ通信ハ強化サレタノデアッタ。

　前任部隊三十一日出発、我部隊ハ八月一日カラ正式ニ任務ニツイタ。一個分隊ハ我々ノ港タルカミナウエニ分哨トナリ、別ニ附近草原ニ不時着破損シタ飛行機一ノ、部品ヲ住民ガ持チ去ルノヲ監視スルタメ、七名ガ一週間交替デ民家ニ宿営シタ。シカシコレハヤガテ附近地上ニ、同種残骸ノ増エルニ及ビ廃止サレタ。

自分ノ任務ハ暗号手デアリ、一日一回午後七時気象隊ニ出張シテ大隊本部トノ連絡ニ任ジ、一般勤務ハ免ゼラレタ。

兵舎ハアメリカ人ノ建テタ小学校デアル。教室ノ一方ノ壁ニ寄セテ高サ一尺ノ床ヲ造リ、ソノ上ニ毛布ヲ敷イテ、一班ノ人員十二―十五名ガゴロ寝スル。灯火ハ椰子（ヤシ）油ヲ燃ヤス。

ミンドロ島ハ大体六月カラ十月マデガ雨季デアル。連日霖雨、朝晩ハムシロ寒イ。兵舎前面ハ林際マデ半キロバカリ湿原ガ開ケ、低イ丘ノ彼方ニ我々ガ鋸山（ノコギリヤマ）ト名ヅケタ岩山ガ頭ヲ出シテイル。ソノ背後カラ中央山脈ガ発シ、北上シテイル。

附近ノ丘ハ萱（カヤ）ニ似タ雑草デ蔽（オオ）ワレ、柔カナ整然タル緑ヲ見セタ。兵舎ノ西ヲ通ル道ハ、両側ニ椰子ヲ植エタ典型的ナ熱帯ノ並木道デ、夕方ハソノ並木越シニ美シイ夕焼ガ眺メラレタ。

並木ノ向ウハ玉蜀黍畑デアル。モト砂糖工場所属ノ甘蔗畑デアッタガ、現在ハ玉蜀黍ヲ植エテ住民ノ主食トスル。収穫ハ年二回、ソノ一タル十二月ニ入ルト突如工場カラトラクターガ出動シタ。

九月カラ、畑ノ向ウニ遠ク芒（ススキ）ガ穂ヲツケテ輝イタ。ソノ先ニハ、鋸山ノ西北方山地カラ流出シ、サンホセノ西方六キロノサン・アグスチンデ海ニ注グ、ブザンガ川ガアル。幅員多摩川中流ホドノ濁ッタ急流デアル。

夜蛍ガ椰子ノ梢（コズエ）マデ上ル。班内ニ侵入シテ蚊帳ノ上ヲ旋回スルト、飛跡ガ完全ナ円形ノ残像ヲ残スホド、強イ光ヲ放ツ大キナ蛍デアル。

砂糖工場ハナオ五千俵ノストックヲ有シ、住民ニハ配給制ヲトッテイタガ、兵士ニハ一キロ四十銭デ自由販売サレタ。我々ハ日曜外出ノ際コレヲ携エテ附近ノ民家ニ入リ、モンゴート呼バレル青イアズキヲ煮テ汁粉ニシテ貰（モラ）ッタリ、或イハ鶏豚ト交換シタ。兵士ノ俸給ハ月二十一ペソ、内五ペソ強制貯金、手取十六ペソデアルガ、右砂糖ノタメドウヤラ小遣ニハ困ラナカッタ。但シコノ自由販売モ、後大隊本部カラノ大量註文ニヨリストックガ減少スルニ及ビ、制限サレタ。

食糧ハ玉蜀黍ヲ混用シテホボ満腹スルコトヲ得タ。副食ハ週ニ一度牛マタハ豚ガ屠（ホフ）ラレ、青イパパイヤ及ビカンコント呼バレル、芹（セリ）ニ似タ野生ノ菜草ガ供セラレタ。莨（タバコ）ハ一日二本当リ官給。土民ノ売ル手巻莨モ、砂糖ニヨリ不自由ナク購ウコトガ出来タ。

要スルニコノ地ノ駐屯生活ハ、内地ヨリ遥（ハル）カニ呑気（ノンキ）ダッタトイウコトガ出来ヨウ。我々ハ米軍ガカカル僻地ヲ、レイテニ次グ上陸地点ニ選ボウトハ、夢ニモ思ッテイナカッタ。

我々ノ当面ノ敵ハゲリラデアル。中隊長ハ前任部隊ヨリ島内ノゲリラニツキ、ソノ所在地、人数、将校ノ姓名人相ニ到ルマデ、詳細ナル情報ヲ引継イデイタ。サンホセ附近デハマンガリン湾東方、ブザンガ川対岸、及ビサンホセ、サン・アグスチン、カミナウエ中間ノ三角地帯ニモイルラシイガ、攻撃シテハ来ナカッタ。タダ我々ガ飛行場附近ノ丘上ニ立テタ風見ノ吹流シハ、絶エズ何者カニヨッテ持チ去ラレタ。

ゲリラヲ殲滅スルコトハ警備隊ノ任務外ニアル。タダ彼等ガ蠢動スルニ応ジテ、牽制出動スルダケデアッタ。

八月下旬、ブララカオ北方マンサライニ第一回討匪。地形偵察ニ赴イタ田中小隊ノ兵ガ狙撃サレタタメデアル。八月二十七日、西矢中隊長、重機班一個分隊ガ出動、田中小隊ノ一個分隊ト共ニ海上ヨリ近ヅク。シカシゲリラハ折柄パナイ島ヨリ渡来セル別派ノゲリラト同士討チヲ始メ、戦イツツ共ニ北方ニ去リ、討伐隊ハ彼等ト遭遇スルコトナク九月四日引揚ゲタ。

九月上旬、カミナウエニ海軍水上機基地設置サル。海軍整備員九十六名駐屯。

九月二十一日マニラ第一回空襲。通信一時杜絶。

二十四日、サンホセ上空ニ初メテ敵大編隊ヲ見タ。同日味方軍艦一隻イリン島外辺ニテ空雷ニヨリテ撃沈サレ、後、乗員救助方連絡アリタルモ、結局海軍舟艇ニ収容シテ引揚ゲタ。

九月下旬自分ハ暗号手集合教育ノタメバタンガス大隊本部ニ出張シタ。軍票ノ価値下落シ、住民ノ様子漸ク不穏ナルヲ認ム。シバシバ空襲警報発セラレシモ敵機飛来セズ。

同ジ頃、中隊ハ大隊命令ニヨリ西矢隊長以下三個分隊（内一個分隊パルアン渡辺小隊ヨリ抽出）ヲ以テ、中部西海岸サビラヤンニ討匪。ゲリラノ夜襲ヲ受ケ、兵四名ガ負傷シタ（内一名死亡）。自分ハ当時ナオ便船ヲ待ッテバタンガスニ在ッタ。傷兵ヲコノ地ノ野戦病院へ送ッテ来タ下士官ト共ニ帰途ニツイタ。

西海岸ニ沿ッテ南下。翌日、サビラヤンニテ討伐隊ヲ収容。パルアンヨリ抽出ノ分隊ヲ駐屯地へ送ッテノ帰リ、サンタクルス海岸ニ碇泊中ノ敵機帆船ヲ襲ッテ、米軍ノ報告書、ミンドロ島諜報網図解等ヲ入手、大隊本部ニ送ッタ。十月十三日、コノタメ中隊長ハ新任方面軍司令官山下大将ヨリ賞詞ヲ受ケタ。

押収書類ニヨレバ、米軍ハコノ地ニ西南太平洋総司令部直属ノ諜報部隊（隊長少佐）ヲ設ケ、主トシテ写真撮影ニヨリ情報蒐集シアルモノノ如シ。マラリヤ患者モ少クナイト見エ、隊長ハ戯レニ自隊ヲ「マラリヤ部隊」ト呼ンデイタ。

奇襲セルゲリラヲ誘導セル嫌疑ニヨリ、サビラヤン町長及ビ書記一名ヲ俘虜トシテ連行、十月初旬サンホセニ帰着シタ。

中旬、ラジオデ所謂台湾沖航空戦ニ関スル大本営発表ヲ聞ク。英訳シテ町ノ広場ニ掲ゲタルモ、住民ハ立止ラナカッタ。米軍ノレイテ島上陸ニツキ、大分タッテカラ大隊本部ヨリ「米海兵隊三個大隊レイテ島ニ上陸」ト無電ガアッタ。

十月十五日附、兵ノ三分ノ二ガ一等兵ニ進級。十一月一日附残余モ全部進級シタ。

台湾沖航空戦ヲ祝ッテ演芸会ガ催サレタ夜、俘虜ノ一名ガ逃走シタ。

演芸会ハ七時カラ十一時マデ続イタ。ソノ間ニ正面玄関階段上ニ繋ガレテイタ俘虜（町長。二十五、六歳。精悍ナル顔貌）ハ足ノ縛メヲホドイテイタラシイ。皆ガ寝静マッタ一時頃、彼ハ「ショウベン」トイイナガラスルスルト階段ヲ降リタ。監視兵二名ハ俘虜ノ繋ガレタ位置ヨリ内方廊下ニ立ッテイタ。一名ハ直チニ追オウトシテ階段ヨリ顛落シ、倒レタママノ姿勢デ、前庭ノ左手ノ裏門（門扉ナシ）ノ方ヘ逃ゲテ行ク俘虜ヲ射ッタ。弾ハ著シク高ク、丁度ソノ方面ニアッタ気象隊ノ宿舎ノ壁ヲ貫イテ天井ニ入ッタ。気象隊デハ敵襲ト信ジタ。

コノ時右手表門ノ立哨ハ物音ヲ聞イテ兵舎前ノ道路ヲ裏門ノ方ヘ駈ケタガ、銃声ニ驚イテ伏セテシマッタ。俘虜ハ直接ノ追及者ヲ持タナクナッタ。

後デ気象隊員ノ秘カニ私ニモラシタトコロニヨルト、コノ時同隊デハ一個ノ人影ガ構内ノ立木ニ倚ルノヲ見タソウデアル。シカシ状況ガ不明デアッタノデ、隊長ノ判断ニヨリ、任務外ノ危険ヲ冒スノヲ避ケタ由。

我々ハ直チニ全員手分ケシテ、附近暗闇ノ捜索ニ懸ッタ。捜索ハ夜ガ明ケテモ続ケラレタガ、逃ゲタ俘虜ハ遂ニ見付カラナカッタ。中隊長ハ「俘虜一逃走ヲ企テタルニヨリ射殺セリ」ト報告シタ。

残ッタ他ノ一名ノ縛メト監視ハ厳シクナッタ。彼ハ同僚ノ逃走ヲ呪イ、一人ニナッタ気安サカラカ、種々ノ新事実ヲ告ゲタ。中隊長ハ米諜報部隊ノ宿営地ニ関シ、詳シイ情報ヲ得タ後釈放シタ。

十一月一日大藪隊ハルソン島中部地区ニ転進シ、我々ハ同隊所属ノママ、替ッテバタンガス地区ノ警備ニツイタ第八師団隷下藤兵団ノ市村大隊ノ指揮下ニ入ッタ。ソ満国境カラ着イタバカリノコノ大隊ハ、兵器糧秣(リョウマツ)ノ支給ニハ気前ガヨカッタガ（我々ガ手榴弾ヲ受領シタノハコノ後デアル）通信ニハヒドク冷淡デ、ホトンド電報ヲ寄越サナクナッタ。前月末大藪隊転進前ノ打合セデハ、我々ガサンタクルスデ得タ情報ニ基ヅキ、同地区ニ大規模ナ大隊討伐ヲ行イ、我中隊ハソノ嚮導(キョウドウ)ニ任ズルハズデアッタガ、市村大隊ハナゼカ出発ヲ遷延(センエン)シ、シカモソノ理由ヲ告ゲナカッタ。

中隊長ハ焦慮シテイタガ、事実ハコノ間レイテ戦局ノ悪化ト共ニ、第十四方面軍ノ全体ガモハヤ討伐ドコロデハナクナッテイタノデアル。市村大隊ハバタンガス地区防備陣地構築ニ忙殺サレテイタ。

サンホセノ状況モ悪化シタ。カミナウエ水上機基地ハシバシバB24ノ掃射ヲ受ケ、水上ニアッタ飛行機十ガ破壊サレ、監視兵一ガ戦死シタ。頭上ニ米陸軍双胴機P38ヲ見ルコトガ多クナッタ。

十一月上旬サンホセ、カミナウエ間デガソリン・カーガゲリラニ襲ワレ、小林トイウ若イ衛生兵ガ戦死シタ。

下士官一、兵四ガカミナウエ分哨ニ連絡ニ行ク途中デアッタ。衛生兵ハ衛生材料ニツキ海軍部隊ト交渉ノタメ便乗シタ。中間ノ小駅デ車ハ不意ニ本線ヲハズレテ引込線ニ入ッタ。運転シテイタ兵士ガ下車シテ調ベルト、転轍部ニ小石ガ挿ンデアル。危険ヲ直感シテ顧ミルト、線路ワキノ土手ニ十数名ノゲリラガ折敷キ、銃口ガコッチヲ向イテイタ。

車ノデッキニ立ッテイタ衛生兵ハ数弾ヲ受ケテ顛落シタ。内部ニイタ他ノ兵ハ窓ヨリ逃レテ分哨方面へ走ッタ。

兵一名ノミ線路反対側ノ斜面ニ伏セテ応射シタ。ゲリラハ進ンデ来ナカッタ。衛生兵モ同ジ斜面マデ匍ッテ来タ。彼ハソノ兵ニ指図シテ自ラノ応急手当ヲホドコサシメタガ、糞便ガ出タノヲ見テ「俺ハ駄目ダ。コレカラ天皇陛下万歳ヲイウカラ、ソコデ聞イテイテクレ」トイイ、三回唱エテ息絶エタ。

残ッタ兵ハ憤懣ヤル方ナク、線路上ニ躍リ上ッテ怒鳴ッタ。

「ヤイ、ミンナ出テコイ。俺ガ相手ニナッテヤルゾ」シカシゲリラハ既ニ去リ、土手ハ静カデアッタ。

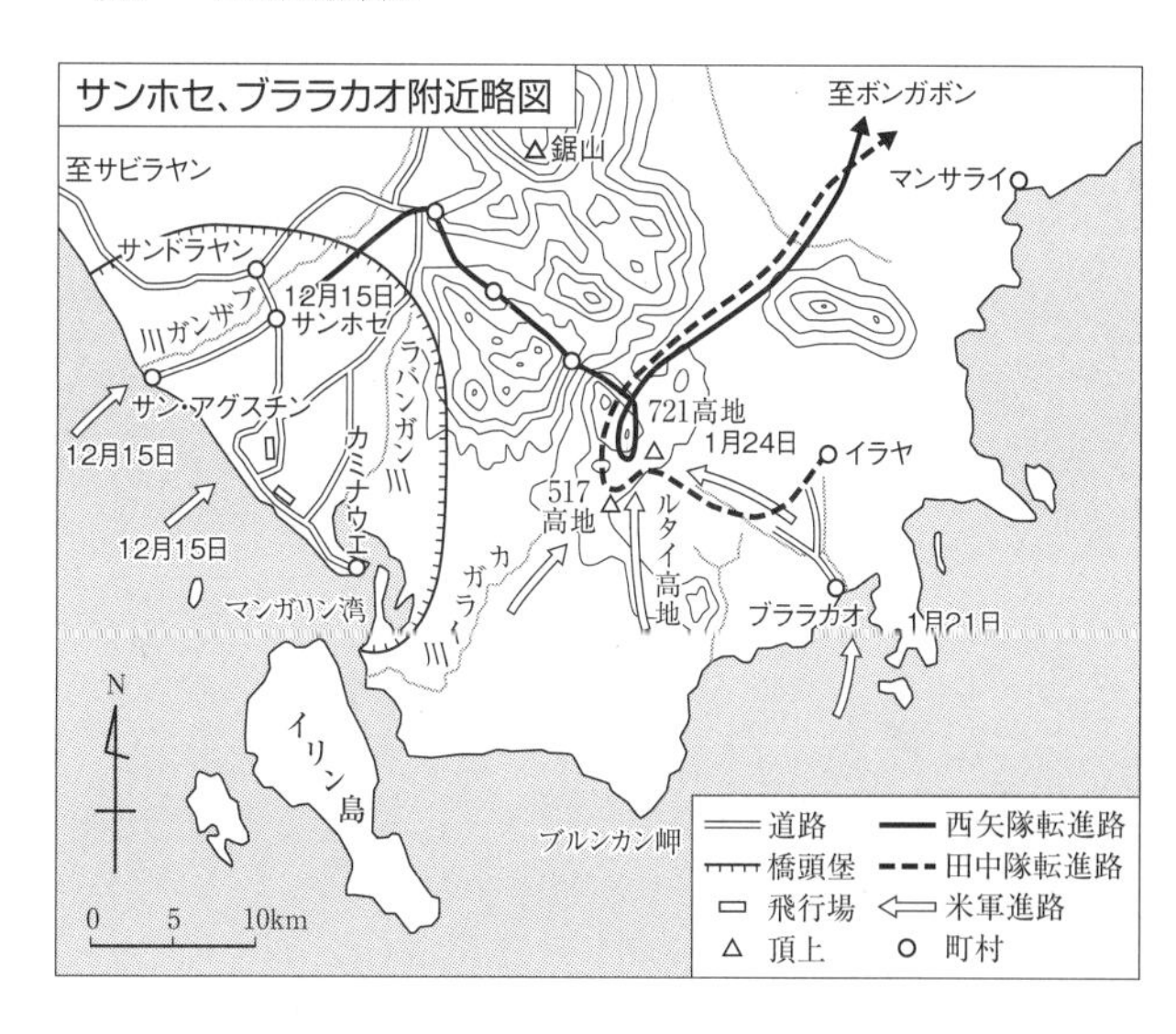

分哨ヨリノ電話ニヨリ中隊長以下ホトンド全員出動、現場附近ヲ捜査シタ。留守隊ニ諜者来リ、約百五十名ノゲリラガマンガリン湾北岸ヲサンホセニ向イ前進中ト伝エタ。

自分ヲ含ム留守隊十名ガ配置ニツイタガ、夜ニ到ルモ敵ハ来ナカッタ。ゲリラガ本隊ノ行動ヲ牽制スルタメニ放ッタ流言デアッタラシイ。出動部隊ハソノ夜カミナウエ分哨ニ泊リ、翌日ナオモ索敵ヲ続ケナガラ帰来シタ。

数日後ミンドロ部落内ノヨク日本ノ下士官ヲ接待シタ娘ガゲリラニ拉致（ラチ）サレタ。

マラリヤ患者ガ漸ク増エタ。十二月十五日米軍ガ上陸シタ時、自分ノホカ四名ノ発熱者ガイタ。

　雨季去リ、連日炎天、米機ガ飛ブ日ガ多クナッタ。毎夕キマッテＢ24ガ西方海上ヲ低ク飛ブノガ見ラレタ。海軍士官ヲ従兄(イトコ)ニ持ツアル兵士ハコレヲ見テ、米軍ハ上陸ヲ企図シテイルラシイト予言シタ。

　米偵察機一ガサンホセ兵舎ニ低空デ迫ッタコトガアル。機銃掃射ハ受ケナカッタ。写真偵察ヲ実施シタノデアッタ。

　十二月十日スギバタンガスヘ出張シテイタ給与掛ノ軍曹ガ帰ッタ。連絡船ハＢ24ノ掃射ヲ受ケ、兵一名ガ負傷シタ。軍曹ハ大隊副官カラ、レイテ戦局ノ絶望ナルコト、米軍ノ次ノ上陸地点ハオソラクサンホセナルコト、シカシ上陸シテモ大隊デハ救援部隊ヲ送レナイカラ、善処シテ貫イタイト申渡サレテアッタ。

　ナオ彼ハ内地ヨリノ最初ノ郵便ヲ受領シテ帰ッタ。コレハ同時ニ我々ノ受取ッタ最後ノ郵便トナッタ。

　十四日兵一名ガマラリヤデ死ンダ。遺骸(イガイ)ハ終夜後庭デ焼カレタ。朝四時頃、屍衛兵(シカバネエイヘイ)ハ海岸方面ニ曳光弾(エイコウ)ノ上ルノヲ認メタ。衛兵ハゲリラノ来襲ヲ警戒シタ。

　十二月十五日午前六時半、我々ハ班内デ朝食ヲシタタメツツアッタ。突然海岸方面ニ砲声ガ起リ、空ガ黒煙デ斑(マダラ)ニナッタ。砲弾ノ空中ヲ飛ブ音ガ交リ、窓外ノ玉蜀黍畑ニ土煙ガ上ッタ。

「全員直チニ前方ノ森ヘ退避」ト命令ガ出テ直チニ取消サレ「各自背嚢(ハイノウ)ヲ負イ、米ヲ飯盒ニ一杯ズツ持ッテ、森ニ集合」ト改メラレタ。倉庫ガ開カレ軍靴、地下足袋ガ持去ルニ任セラレタ。

下士官ハ砂糖工場屋上ノ展望哨舎ニ上リ、軍艦輸送船合ワセテ約六十隻ヲ西南方海面ニ見タ。

我々ガ森ニ入ロウトシタ時、友軍機二機ガ高射砲弾ニ追ワレテ、東北ニ飛ビ去ルノヲ見タ。

艦砲射撃ハヤガテ止ンダ。砲弾ノ落下点ハ最初窓カラ見タ地点ヨリハ延ビナカッタ。カミナウエモ砲撃サレテオリ、電話連絡ハ砲撃中ニ杜絶シタガ、衛兵司令ハ辛ウジテ「北方山中ニ退避」ト伝エルコトガ出来タ。

サンホセ警備隊全員五十一名、気象隊員六名、在留邦人四名、東北方鋸山ヲ目指シテ行軍ヲ開始シタ。ホボ九時頃デアッタロウ。

暫(シバラ)クブザンガ川ニ沿ッテ北上、東ヘ切レテ広茫(コウボウ)タル草原ニ歩ミ入ッタ。草焼ケ風吹キ煙ガ匍ッタ。正面ニ鋸山ノ巍々(ギギ)タル山容ヲ望ミツツ、終日草ノ中ヲ歩ミ続ケ、夕闇ノ迫ル頃漸ク山麓(サンロク)ノ一僻村ニ着イタ。ゲリラヲ警戒シツツ宿営。

翌朝中隊長ハ全員ヲ集メテ決意ヲ告ゲタ。即チコレヨリ山中ヲ横断シテ東海岸ブララカオニ出デ、田中小隊ト連絡シテ後図ヲハカルトイウノデアル。食糧ハアト二日ヲ剰(アマ)スノミ、ナオブララカオニモ敵上陸シアルヤモハカリ難イ。

気象隊ハココニテ山路運搬不能ノ通信機ヲ焼キ、自分ハリパノ同隊本部ヲ通ジテ、大隊本部ニ最後ノ電報ヲ送ッタ。ソノ全文ハホボ憶エテイル。

「昨十五日〇六〇〇敵ハ艦船六十隻ヲモッテサンホセ西方四キロ、サンドラヤンニ上陸セリ。本隊ハ三日ノ予定ヲモッテブララカオニ向イ、田中隊ト連絡ノ上新タニ企図セントス。現在地サンホセ北方十キロ。全員士気極メテ旺盛、誓ッテ撃滅ヲ期ス」

サンホセヨリ水牛ト共ニ連レ来レル比島人二ヲ道案内トシテ出発。自分ハ当時、マラリヤニテ発熱中。四名ノ病兵ト共ニ別ニ一下士官ニ率イラル。鋸山ニ沿ッテ六キロ東行。隣接高地ニ取付キ密林ヲ登攀(トハン)。夕刻雨降ル。山小屋ヲ見出シテ宿営。

翌十七日ナオモ登攀ヲ続ク。途中マンギャント呼バレル山地人ノ甘蔗畑ヲ通過、伐採シテ嚙(カジ)ル。甘味忘レ難シ。

山上ハ草原、眺望佳(ヨ)シ。鋸山スデニ低ク、遥カニカミナウエヲ控エタルマンガリン湾ノ平ラナル水面ニ、敵内火艇縦横ニ疾駆スルヲ見ル。

一尾根ヲ伝ッテ東ニ下ル。風吹ク。マンギャン嚮導ス。日暮山間ノ小流ヲ見出シテ露営。

四日ノ行軍中最長ノ行程。落伍者ナシ。食糧尽ク。途上青イバナナヲ採リ、明日ノ朝食ニ備ウ。

十八日。マンサライ西方山中ニ発シマンガリン湾ニ注グ一河ノ河原ニ降リ、暫ク遡行(ソコウ)、左岸丘陵ノ長イ草尾根ヲ上ル。東海岸ニ到ル最後ノ山越ナル由。正午山頂ヨリ遥カニブララカオ湾ヲ臨ム。船影ナシ。

先発隊帰リ、田中隊ノ兵士ニ遇(ア)ウト伝ウ。ブララカオニハ敵上陸ナカリシモ、サンホセノ砲声ヲ聞イテ、糧食、無線機ト共ニ、予(アラカジ)メコノ山中ニ退避セルモノナリ。前方ノマンギャンノ聚落(シュウラク)ニ宿営シアル由。

到着、交歓、休息。

夕刻大隊本部ト無電連絡成ル。「サンホセ方面ノ敵状偵察及ビ企図妨害」ノ任務ヲ受ク。サンホセヨリ道案内セル比島人ニ米ヲ与エテ帰ラシム。

コノ地ハ我々ガ最後ニ越エタルタイ高地ノ山頂カラ東へ少シ降ッテ、三ツノ尾根ニ分レルトコロニ形ヅクラレタ小台地デアル（地図参照）。四ツノマンギャン小屋ガアッテ、当時約二十人ノ山地人ガ居住シテイタ。

彼等ハ海岸地方ヲ占居セルタガログ人ヨリ色ノ黒イ異人種ニ属シ、戦争ニ無関心デアル。中隊長ハ彼等ニ、宣撫(センブ)用トシテバタンガスデ受領シテイタ分捕品ノ布地ヲ与エテ、畑ノ作物ノ採収権ヲ得タ。彼等ハシカシ数日後何処(ドコ)カヘ移動シテ行ッタ。

食糧ハ田中小隊ガ運ンダ米、味噌デナオ全員三カ月ヲ支ウルニ足リ、マンギャンノ畑ヨリ芋、バナナヲ採ッテ補ッタ。マタ時々麓(フモト)ニ下リテ野牛ヲ射ッタ。

兵士ハ分隊毎ニ疎開分宿シタ。マンギャン小屋ノ当ラナカッタモノハ、竹ノ柱ニ萱ノ屋根ヲ載セ、小屋ヲ作ッタ。時候ハアタカモ乾季デアルカラ雨ハ少ク、夜露ヲ凌(シノ)ゲレバ、アマリ日常ノ苦痛ヲ感ジナイ。

コノ地ニ集結シタ人員内訳ハホボ次ノ通リデアル。中隊本部及ビ井上小隊合計五十一名。田中小隊四十五名。配属師団通信隊十二名。サンホセ気象隊六名。ブララカオニ漂着セル船舶工兵蠣崎(カキザキ)中尉以下二十三名。非戦闘員サンホセ四名、ブララカオ十二名計十六名。総計百五十三名。

ブララカオノ町ハ東南方十キロノ海岸ニアル。人口約三百。主トシテ漁撈(ギョロウ)及ビ牧畜ニ従事スル。六キロ奥ノイラヤニ、基隆炭鉱株式会社（三井鉱山別系）ガ軍ノ南方資源開発ノ方針ニ従ッテ炭坑ヲ整備、当時漸ク出炭ノ運ビニナロウトシテイタ。シカシ事務員七名、台湾人工員十五名ノミ。坑ハ四十度ノ斜坑一。水牛ニ綱ヲ引カセテトロッコヲ巻上ゲル頗(スコブ)ル原始的ナモノデ、一日出炭量三トンニ及バナカッタラシイ。炭質ハ褐炭デアル。十一月一日ヨリ三菱鉱業所ニ移管ノ予定ニテ、二十五日所長河野盛義、島村哲夫、浅田伍市

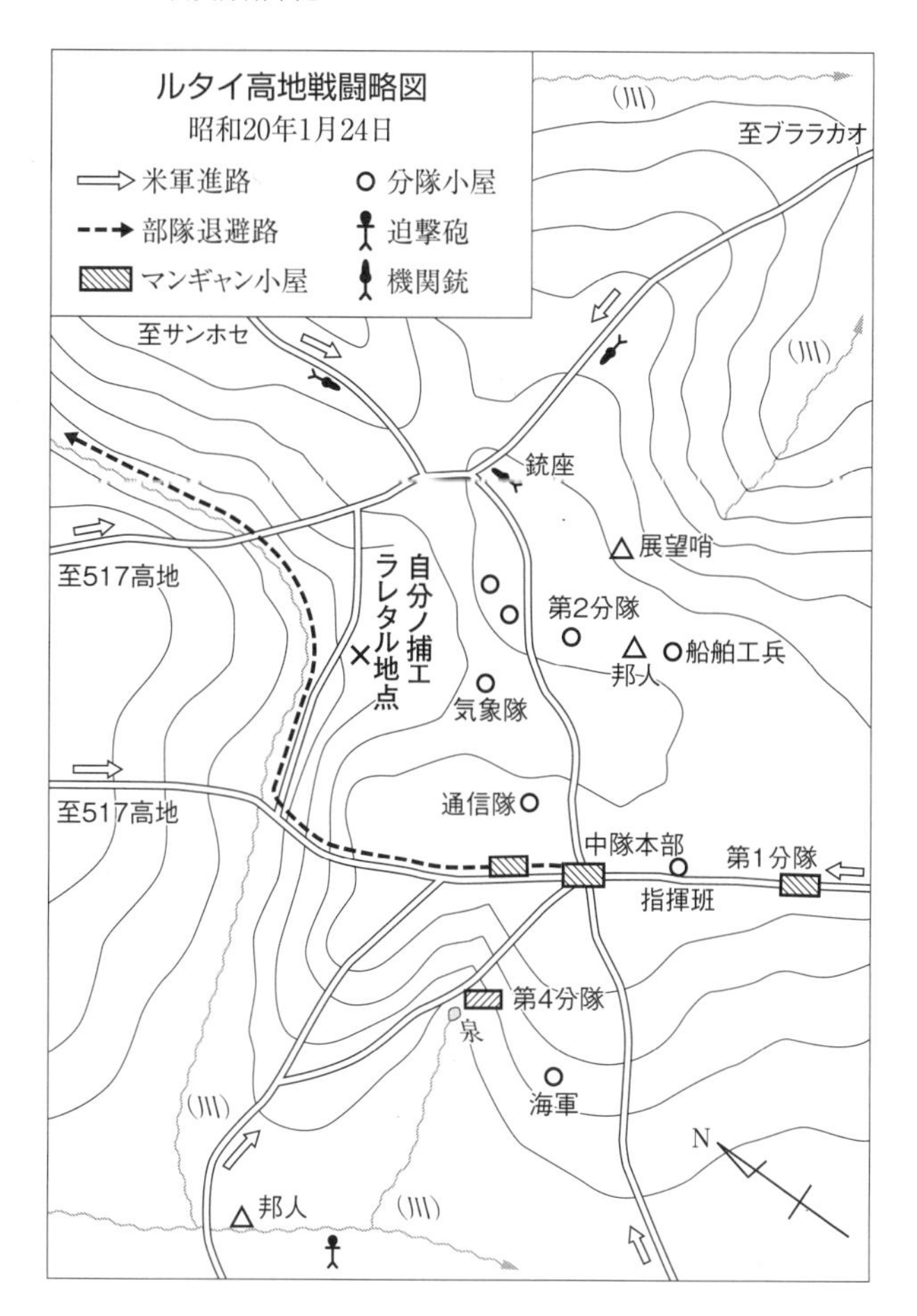
ルタイ高地戦闘略図
昭和20年1月24日
米軍進路
部隊退避路
マンギャン小屋
分隊小屋
迫撃砲
機関銃
(川)
至ブララカオ
至サンホセ
(川)
銃座
展望哨
至517高地
自分ノ捕エラレタル地点
第2分隊
邦人
船舶工兵
気象隊
至517高地
通信隊
中隊本部
第1分隊
指揮班
第4分隊
泉
海軍
(川)
N
邦人
(川)

ホカ十二名ガ交替シタトコロデアッタ。

田中隊ノ任務ハコノ炭坑ノ守備デアッタ。本部ハ炭坑宿舎ニアリ、一個分隊ガブララカオノ町役場ニ分哨トナッテ、海路ヨリノ連絡ニ応ジタ。

田中隊ハサンホセニ米軍上陸ノ前夜、大隊本部ヨリ「敵機動部隊全速力ヲモッテネグロス島西方ヲ北上中」ト警報ヲ受ケテイタ（コノ日サンホセ気象隊ノ無電機故障ノタメ、我隊デハ受信セズ）。十五日サンホセノ砲声ヲ聞イテ準備ニカカリ、十七日水牛二十頭ニ糧秣ヲ積ンデ、予メ選ンデアッタコノ地ニ退避シタノデアル。

二十日カミナウエヨリ別途山ニ入ッタ分哨ノ橋本軍曹以下八名到着。二名砲撃中、行方不明。

二十一日「敵状偵察」ノ大隊命令ニ基ヅキ、井上少尉以下十二名ノ潜伏斥候ヲ組織、一週間ノ予定ヲモッテ、サンホセ附近高地ニ進出シタ。

二十五日頃全員無事帰還。米軍ハ海岸地方ニ飛行場ヲ新設シ、スデニB24（B25ノ誤認）発着シアリト。又鋸山山麓盆地ニモ滲透（シントウ）、多数テントノ連ナレルヲ見タリト。

井上小隊一等兵市江一誠風邪ヲ得テ帰リ、肺炎ヲ起シテ翌年一月三日病歿（ビョウボツ）。山中最初ノ犠牲者デアル。

十九日同地海軍水上機基地部隊生存者約四十八名ガ合流。数日後ブララカオ川口ニ破損碇泊中ノ機帆船ヲ修理シテルソン島ニ渡ルト称シ、全員山ヲ下ッタガ、ゲリラニ襲ワレ、指揮官石崎少尉以下十名ノ犠牲ヲ出シテ再ビ山ニ戻ッタ。我隊ヨリ分与セル食糧モ同時ニ失ッタタメ、以後食糧ヲ附近山野ニ渉猟シテ惨状ヲ呈ス。病人ハ常ニ上官ヨリ「死ネ、死ネ」トイワレ殴打サル。

マラリヤ漸ク蔓延ス。戦死セル若キ衛生兵ニ替レル新任衛生兵ガ、キニーネヲサンホセニ忘棄セルタメ、手ノホドコシ様ナシ。明ケテ一月二十四日米軍ニ襲撃サレタ時、健康者三十名ヲ出ナカッタ。

十二月二十七日、潜伏斥候ノ要地偵察ニヨリ、田中小隊ノ全員四十五名ハ、西南方四キロ、マンガリン湾ヲ見晴ラス五一七高地ニ進出、毎日同方面ノ状況ヲ偵察シタ（高地鞍部ニ小屋ヲ建テテ宿営、一個分隊ガ一日交替デ頂上ニ露営シテ、望遠鏡ニヨリサンホセ方面及ビ海上ヲ展望ス）。一日二回双方ヨリ三名ヨリナル連絡者ヲ出シ、十時及ビ十六時、中間ノ小流ノホトリニ落チ合ッテ、偵察事項ソノ他ヲ伝達シタ。偵察事項ハ毎夕我隊ノ位置ヨリ師団通信隊ニヨリ大隊本部ニ打電シタ。

監視哨ハサンホセ海岸ニ一、セントラル部落附近ニ二、飛行場ガ建設サレテイルノヲ見タ。B24（B25ノ誤認）二十四機ガ毎日キマッテ十二時サンホセ飛行場ヲ飛立チ、十五時帰着スルノヲ見タ。

マンガリン湾内外ニハ殆ンド毎日、大小舟艇五〇—八〇、駆逐艦五、タンカー三ガ碇泊シテイタ。マタサンホセ西方沖合珊瑚礁附近ニハ、駆逐艦五—一〇、巡洋艦五—一〇ガイタ。イリン島トノ中間水道ニハ飛行艇五—一〇、小舟艇二〇〇ヲ数エタ。

一月四日以降大船団ガサンホセ西方ヲ通過北上、二、三回南下セルヲ確認シタ。ルソン島リンガエン湾ニ上陸ノ船団デアッタ。

ルソン島ノ航空兵力ガ壊滅シタ折柄、コノ原始的ナ情報モ無意味ナモノデモナカッタラシイ。

ナオコノ時ヨリ暗号事務ハ田中小隊ノ暗号手ガ担当、自分ハ一歩兵ノ任務ニツク。

明ケテ一月一日大隊本部ヨリ百五十名ノ斬込隊ノ出発ヲ告ゲ来ル。翌日ブララカオニ到着ノ予定ナリト。

二日未明中隊長自ラ二個分隊ノ兵力ヲ率イテ出迎エニ出張ス。我分隊ヨリハ自分外一名ガ参加。蓋シコノ頃分隊ノ他ノ兵士ハスベテマラリヤニ伏シ、最初病兵デアッタ私ガ精兵ノウチニ入ッテイタ。

斥候ノ報告ニヨレバ海軍部隊ヲ襲撃セル約百名ノゲリラハ、ナオブララカオニ蟠居シアルモノノ如シ。一戦ヲ覚悟シテ出発ス。

正午ブララカオ着。背後森林ヨリ出デテ散開。敵影ナシ。広場ニ犬ノ蝟集シ、烏ノ飛ビ交ウノミヲ見ル。進ンデ海軍兵士ノ屍数個ヲ見ル。肉喰ワレ骨現ワル。住民去リ、道傍ノコワレタル水道栓（山水ヲ引ケルモノ）ヨリ水ノ迸ル音ノミ響ク。沖ニ敵哨戒艇往来ス。米軍通過ノ徴候アリ。

遊撃隊到ラズ。一泊。夜半櫓声アリ、住民一、我ノ到レルヲ知ラズシテ海上ヨリ近ヅケルヲ捕ウ。町長ノ息子ナリ。家財ヲ取リニ帰レルナリト。

翌日モ遊撃隊到着セズ。午後三時捕エタル住民ヲ伴ッテ帰途ニツク。

帰リテソノ朝中部東海岸ピナマラヤンニ米軍ノ上陸セルヲ知ル。退路ヲ絶タレタル絶望感兵士ノ間ニ漲ル。

敵機ハ終日頭上ニアリ。友軍機ハ夕刻モシクハ夜明、単機サンホセ方面ニ通過、稍々アッテ爆撃ノ音ヲ聞クコトアリシモ、年更マッテヨリ飛来次第ニ稀トナリ、一月九日米軍ルソン島ニ上陸後ハ全ク絶ユ。

マラリヤニテ死スルモノ多ク、一日ホボ海軍二、陸軍一ノ割合ナリ。

一月十三日マタマタ遊撃隊到着ノ通知アリ。同隊ハ米軍ニ接近ヲ妨ゲラレテ、ナオ東方海上ニ遊弋シアル由。十四日白分ヲ含ム一個分隊ブラカオ出張。遊撃隊依然到着シアラズ、民家ヨリ塩、布、砂糖ヲ掠メ、豚一匹ヲ屠ッテ直チニ帰ル。

十六日自分発熱。連日四十度。足立タズ。舌モツレル。

捕エタル住民逃走ス。翌日一下士官、兵ヲ率イテブラカオニ到リ、報道ノタメ、逃亡セル住民ノ家ヲ焼イテ帰ル。

二十二日夕刻ブラカオ湾ヲ見晴ラス絶壁上ニ上ッタ展望哨ハ、同湾ニ米艦三隻ノ入ルノヲ見タ。ソノ夜ノ中ニ出タ将校斥候（長井上少将）ハ帰ラナカッタ。二十四日朝出タ将校斥候（長船舶工兵隊長蠣崎中尉）ハ麓デ襲撃サレ中尉ハ戦死シタ。

師団通信、陸海病兵中歩ケル者ハ非戦闘員ト共ニ、田中小隊ノ位置ニ退避ニ決ス。出発ニ際シ中隊長ハイッタ。「本隊ハコノ位置デ米軍ト戦ウガ、皆ハコレヨリ五一七高地ニ退キ、田中小隊ト協力シテ、最後マデ敵状偵察ノ任務ヲ続行スル。シカシ中隊長ト一緒ニ死ノウト思ウ者ハ残レ」五名ノ若イ病兵ガ前ニ出タ。

総員六十一名、通信隊足立軍曹ノ引率ニテ十時頃出発。二キロ行ッタ山背ニテ機銃ニテ掃射サレテ四散。後陸軍七、海軍一、非戦闘員一ガ、一カ月山中ヲ彷徨シタ後、比島人ニ捕エラレタ。

十一時半中隊本部附近ハ南方ヨリ迫撃砲撃ヲ蒙(コウム)ル。敵偵察機一頭上ニ旋回シアリ。兵一大腿ニ傷ツキ、自決ス。中隊長敵火点観測ノタメ前進、直撃弾ヲ受ケテ戦死ス。

残員ノ指揮ヲトル者ナシ。歩ケル者約四十―五十名、西方ノ谷ニ降リテ脱出。五一七高地ニ向ッタガ前方ニ銃声ヲ聞イテ、ピナマラヤンニ目標ヲ変更、北進ス。過半数ハ数キロノ間ニ落伍シ、三十日北方山中ニテ田中小隊ト合流セル者二十四名。

一時間後米兵四方ヨリ到ル。自分ハ暫ク脱出者ニ追随セントシテ及バズ、中隊本部ヨリ一町離レタル叢林（ソウリン）中ニ倒レテイテ、翌日米兵ニ発見サレタ。コノ地点デ捕エラレタ唯一ノ俘虜デアル。

本部附近ニアッタ全ク動ケナイ病兵約三十―五十名ハ、尽（コトゴト）ク戦死モシクハ自決シタモノト思ワレル。

捉（トラ）エラレタ後、自分ガ見タ米兵ノ兵力ハ約二個中隊デアル。米軍ノ隊長（少佐）ガ南方ノ一地点ヨリ乗船シテサンホセニ帰ルトイッタコト、及ビ砲撃ガ西南方ヨリ加エラレタコト、ソノ他ノ状況ヨリ見テ、米軍ノ主力ハコノ方面ニアリ、ブララカオニ上陸シタノハソノ別働隊デアッタラシイ。

米軍ハ二十三日中ニ、我隊ノ位置ヲ迂廻（ウカイ）して、マズ田中小隊トノ連絡ヲ断チ、ソレヨリ東行シテ我々ヲ攻撃シタモノト思ワレル。

二十四日砲声ヲ聞イタ田中小隊カラハ、直チニ二個分隊ガ出動シタ。途中丘上ニ少数ノ兵ノ集マレルノヲ見テ、我々ノ一部ト思イ大イニ呼ンデ弾丸ノ返答ヲ受ケタ。状況不明ナルタメ退ク。

二十五日朝サラニ十二名ノ斥候ガ中隊本部西側ノ谷マデ潜行シ、敵影ヲ認メテ射撃シ退イタ。途中彼等ハ草上ニ友軍ノ戦死体多数ヲ見（退避組ノ者ナラン）、空ノ塹壕（ザンゴウ）ニ米軍ノ缶詰ノ空缶、莨ノ吸殻等ノ散乱セルヲ見タ。ルタイ高地ノマンギャン小屋ノ炎上スルヲ認ム。

コノ間本隊ハ附近ニ銃声ヲ聞イテ不安ヲ感ジ、斥候ノ帰ルヲ待タズシテ陣地ヲ棄テタ。幸イ二十六日、高地北側叢林中ニテ、斥候隊ニ遭遇、十九時月明ヲ利シテ移動開始、二十四時北方二キロノ谷間ニテ露営シタ。

ソノ夜田中小隊長ハ部下ニ告ゲタ。即チ中隊主力ハ全滅シタト思ワレルカラ、我隊ハ中央山地ヲ縦走シテ北岸カラパンニ到リ、ソコヨリバタンガスニ渡ッテ大隊本部ニ中隊ノ最後ヲ報告シ別命ヲ待トウト。コノ時ノ人員約四十五名、内病者八名、残有食糧米一週間分デアッタ。

二十七日六時ニ行軍開始。十三時、敵襲ヲ受ケ兵一戦死。十九時サンホセ、ブララカオ連絡路ニ出ヅ。

大ナル河ノ河原ニ降リタ。サンホセ方面ニ銃声ヲ聞ク。足ヲ早メテ北上。鉄兜（カブト）背嚢ヲ捨ツ。二十四時数キロニ亘（ワタ）ル大丘阜（キュウフ）ニ出テ夜営。

二十八日、朝四時出発、一望ノ高原、マンギャンノ小屋点在ス。ブララカオ北方十キロ、バクラサン高原ノ一部ナリ。十六時空屋ノマンギャン小屋ニテ米、玉蜀黍ヲ得。

二十九日七時出発、十四時マンギャン四人ヲ発見、嚮導セシム。十六時渡河点ニテ兵一戦死。二十時マンギャン小屋ニ宿営。

三十日、七時、霖雨中出発、稜線錯綜（リョウセンサクソウ）難行軍トナリ、落伍者多シ。十二時豪雨到リ大休止、焚火シテ暖ヲ取ル。雨収（オサマ）リ十四時出発、夕刻マンギャン小屋ニ着ク。ルタイ高地ヲ脱出セル小笠原軍曹以下二十四名ニ会ウ。

田中少尉以下四十二名ヲ第一小隊、小笠原軍曹以下二十四名ヲ第二小隊トシタ。田中少尉中隊長代理。

三十一日、一日休養、田中少尉、古川兵長、兵一ト共ニ附近ヲ偵察ス。

二月一日、七時出発、第二小隊ニ落伍スル者多シ。十三時敵襲ニヨリ第一小隊大戸井、岡田一等兵、第二小隊赤継兵曹（海軍）ラ計五名戦死。マンギャン一ヲ捕エ、嚮導セシム。日暮マンギャン逃亡。二十時山上ノ平坦（ヘイタン）地ニ出テ露営。

二日、八時半出発、終日降雨、古川兵長マンギャン三ヲ捕エ、道案内サセタ。

三日、依然北進ヲ続ク。十五時ゲリラノ襲撃ヲ受ケ、一等兵宮本亥一郎戦死。夕刻北東ニボンガボンノ町ヲ望見ス。五一七高地ヨリ北進二十キロナリ。

四日、ボンガボン川中流ヲ渡河、水深胸ヲ越ユルモ全員相助ケテ渡ル。十四時マンギャン小屋ニ到着、宿営。

五日、未明ゲリラノ襲撃ヲ受ケ、一等兵荒木武比古、小島茂三郎戦死。十時出発、十四時急坂登攀中、案内ノマンギャン逃亡ス。十七時漸ク小屋ヲ発見、宿営。

六日、九時出発、行路漸ク平坦、人家近キヲ思ワシム。マンギャン部落ヲ発見、八戸ニ別レテ宿営ス。ボンガボンヘ数キロノ地点ナリト。

幹部相寄リ協議ス。コレマデマンギャンヨリ徴発ノ米、玉蜀黍、芋ニヨリ食糧不足セザリシモ、永ラク山路行軍ニテ病死、落伍者多シ、多少危険アルモ平坦地ニ降リ、夜間行軍、昼間ノミ山地ニ入ル方ガヨカロウ、ト衆議一決。

七日、八時出発、ボンガボン川支流ニ沿ッテ北上。十四時匪襲ヲ受ケ若林行存軍曹戦死ス。十五時半マンギャン一ヲ発見、コノ地区最後ノマンギャンナリ。大製材工場ヲ発見ス。数名ノタガログ人アルモ、元日本木材工場使用人タリシ証明書ヲ有スルヲ以テ、二軒ニ分宿ス。ボンガボンマデ三キロ、米軍ハ十二月末上陸セルモ、現在ハカラパンニ引揚ゲタリトイウ。

八日、午前中出発予定ノトコロ、小笠原軍曹、松本伍長、宮崎兵長、茂木上等兵、中村一等兵ナド、優秀ナル下士官兵ノ発熱スル者多ク、マタ豪雨襲来セルタメ、一日休養ト決ス。総員五十七名ナリ。

製材所主ニ滞在費一、五〇〇ペソ、純綿服地等ヲ与エ、鶏、豚ヲ買ウ。夕食ヲ用意シアリシ十七時、西南方二キロノ林中ヨリ、大規模ナルゲリラノ攻撃ヲ受ケ、四散ス。田中少

尉ノ確認セル戦死者、一等兵河合信吾、服部洋男、武藤潔、藤沢瑞雄、中村茂次。

　九日早朝、田中少尉ノ掌握セル者ハ小笠原軍曹、宮崎兵長、上等兵茂木操、一等兵中村政義、境地武雄、西村正一、仙石朋四郎、山中太郎、斎藤栄一、橋本謙太郎、豊下里美、大沢菊次郎、木村、板岡、秋田、計十六名。西方山地ニ入ル。製材工場ノ山小屋ヲ発見、休憩、昼食。十六時峻崖（シュンガイ）ヲ攀ジツツアル時、山上ヨリ俯瞰（フカン）射撃ヲ受ケ、小笠原軍曹、宮崎兵長、茂木上等兵、一等兵西村、仙石、山中、斎藤、中村政義ガ行方不明トナッタ。

　コノ日ヲモッテ西矢隊ノ部隊行動ヲ終ル。以来三月十六日マデ三十五日ノ間ニ、田中少尉以下十九名ト船舶工兵一等兵一ガ、或イハ単独、或イハ数名ズツ、ココヨリカラパンニ到ル山中ヲ、木ノ実、草ノ根、オタマジャクシ等ヲ食ベテ彷徨セル後、比島人ニ捕エラレタ。

　パルアン渡辺部隊ニハ生還者ナク状況ヲ知リ得ナイ。パルアンハミンドロ島西北端ノ岬ニ抱カレタ湾内ニアリ。岬ノ高地頂上ヨリマニラ湾口ガ見晴ラセ、米軍ハ永クココニ監視隊ヲオキ、マニラ湾及ビベルデ海峡通過ノ日本艦船ノ隻数ヲ無電ニテ潜水艦ニ通報シテイタトイウ。米人将校フィリップ少佐ハ十九年四月射殺サレタガ、パルアン小隊ノ任務ハ岬ニオケルコノ種ノ行動ノ監視ニアッタ。

　彼等ハミンドロ島警備隊中最モ孤立シ、最モ野性ニ帰ッテイタ。毎日海ニ泳ギ漁（スナド）ッタ。

連絡船ガ近ヅクト、馬ヲ善クスル下士官ガ裸馬ニ乗ッテ砂浜ニ躍り出タ。ソシテ船ガ碇泊地ヲ求メテ岬ニ沿ッテ徐行スルニ従イ、岸沿イノ小高イ道ヲ、木ノ間ニ隠レタリ現ワレタリシナガラ、追ッテ来タ。

東京ヲ出発シタ西矢隊全員百八十名中、将校一、下士官四、兵十六、計二十一ガレイテ島俘虜収容所へ来タ。外ニ師団通信へ抽出サレタ者四（後第三十五軍司令部へ転属、レイテ島ニ渡リ三名戦死）、憲兵志願二、身体虚弱ナルタメ旅団練成隊ニ編入サレタ者二、入院患者四、計十二ガルソン島ニ止ッテイタ。ソノ中四ガ別途帰還シテイル。

終

フィリピン紀行

私は三月十八日から二十三日まで、フィリピン戦跡訪問団に加わった。昭和十九年八月、敗色の濃いフィリピン戦線に従軍し、俘虜(ふりょ)となって帰還してから二十三年経って、はじめての訪問である。目下『中央公論』に書き継いでいる「レイテ戦記」のための取材と確認、およびわが駐屯地ミンドロ島で死んだ戦友の霊を葬うのが目的である。

十八日午後二時、マニラ空港に着き、まず驚いたのは、入国管理事務所の吏員が、旅券を投げ返したことだった。私は少しは外国を旅行した経験があるが、こんな扱いを受けたのははじめてである。現在フィリピン人がみんなこの入国管理事務所の吏員のような感情を持っているとすると大変だと緊張した。

しかしフィリピン戦跡訪問団はマニラのマハルリカ旅行社とタイアップしており、日本語を解する社員数人が、空港に出迎えに来ている。ホテルにも日本語のわかるボーイがいて、扱いは丁重である。戦跡訪問団は観光団として受取られているのである。

翌十九日七時すぎ、フィリピン航空の旅客機で、レイテ島に向う。戦艦「武蔵」の沈んだシブヤン海上、濃紺の海面との間を白い断雲が過ぎる。海は明るく、島々の緑が美しく、それぞれ周囲に大きな浅礁を張り出している。

神風特攻隊は重い二百五十キロ弾と確実な死を抱いて、この美しい海の上をレイテ島沖を目ざして飛んだのだ、という感慨。

機はやがてカリガラのあたりからレイテ島の海岸線を越える。西方に遠くカポーカン、リモン峠の激戦地を見る。レイテ島東北の丘陵地帯を縦に貫いて、タクロバン港上空に出る。あれから二十三年、私はほぼこの道を通って、ミンドロ島からレイテ島の病院へ運ばれて来たのであった。

着陸、ゲートに咲いている多彩な熱帯の花が印象的。その花咲ける植込みの前に、カーキ色の制服に赤い階級章、カービン銃を肩にかけた二人のPC（国家警察）が待っていた。

民間の戦跡訪問団がレイテ島を訪れるのは三度目である。島民はなれているとはいえ、農業的フィリピンは親類関係を重んずる国である。日本兵に殺された兄弟や親類を持った者が、どこにいて、どんな危害を加えないとも限らない。

賠償決定以来対日感情は著しく好転しているが、フィリピン全体の治安が十分に確立されているとはいえない。昼間、マニラ市内の表通りを歩いている限りまず不安はないが、夜間、横丁へ入るとホールド・アップに遇う危険があるという。日本人とわかれば、感情的な大義名分を背景にして危害を加えるおそれがある。PCはわれわれがレイテ島を離島するまでついて回った。

タクロバン市はレイテ州庁の所在地、港町で、島内で一番大きな町である。プリムローズ・ホテルは波止場に近い繁華街の中心にある。バスが前に止ると、二人のPCが人道を遮断するように並んだ間を、一行はロビーに入る。

同行の中央公論社の高橋善郎君、写真家池利文君と同室。屋上のレストランでランチ。私は比島料理は食べなれているが、一行には北海道から参加した七十五歳の老人もいることだし、なかなか辛い旅行のはずである。しかし父や子が死んだ土地を踏んだという感慨にみな興奮している。

午後一時貸切りバスで出発。十キロ南のパロの十字架山、十六師団三十三連隊（津）全滅の地である。山の裏側に私が半年俘虜としてすごした収容所跡がある。続いてパロの町。教会は戦後改造したもの。折からミサがあげられていて、会堂の内部は白い被衣をかぶった信者でいっぱいであった。路傍にさびた日本軍の機関銃を持っている家がある。団長梶原君が買い取って、バスの後部に積み込む。

レイテ湾に沿った椰子林の間の道を南下し、タナウアン町の手前で右折すると、道が悪くなった。キリンを過ぎると、ようやく前方にレイテ島の脊梁山脈が近くなる。レイテ戦の末期、多くの敗兵が彷徨してゲリラに襲われ、あるいは飢えて死んだ山々である。

十六師団（通称「垣」、京都、福知山、津）の司令部が、後退陣地としたダガミの町はずれの路傍に、一本のヤシが立っている。その根本から三メートルばかりには、機関銃弾痕と見える穴が無数にあいている。

道から少し入った空地に、山に向って小さな壇を作り、レイテの敗兵に欠乏していたと思うもの、米、まんじゅう、果物、煙草が供えられる。一行中にまじっていた僧侶が読経する。これは一行が待ちこがれていた時である。

「君が代」「海行かば」「父よ、あなたは強かった」などが、テープから流れ出ると、すすり泣きの声が高くなる。

椰子の幹の穴は弾痕ではなく、植物の病気だと私には思われるのだが、戦後はじめてここを訪れた哀悼者が、この椰子の幹に戦いの跡を認め、慰霊の祭を行う気になったという感情の真実には、いつわりはない。

場所はダガミの町から二キロばかり南方、昭和十九年十月二十九日、南方のブラウエン方面から進んで来る優勢な米軍に対し、十六師団の残兵が一個中隊ぐらいずつ幾重にも抵抗線を作り、少しでも敵の進撃をおくらせて、司令部が山中深く隠れるのを助けようとした地点である。

ダガミ町で勝手に祭を行うことは住民に対して遠慮がある。農家の私有地の一部を借りるほかはないのである。

ただしブラウエンの町長は訪問団に協力的で、米軍の重機の弾痕の残っている町役場の二階で慰霊祭を行った。レイテ戦末期の十二月六日、脊梁山脈を越えて、十六師団の残兵、二十六師団（通称「泉」、名古屋、岐阜、静岡）が、落下傘で降下した高千穂部隊と協力して、二つの飛行場に絶望的な斬込みを行った地点である。

比島人と結婚した中村秀子さんが住んでいて、町民、特に子供たちは友好的である。一行は持っている菓子、ボールペン、ふろしきなどを贈り物とし、歓呼の声に送られて町をあとにする。

翌三月二十日朝タクロバンを発して、西海岸のオルモックの町まで、九十キロの戦跡慰問の旅をした。パロ沿岸の米軍上陸地点にマッカーサーの上陸記念碑があり、なぎさにはその時、破壊された上陸用舟艇七が残骸をさらしている。

十字架山を通って西にこの丘陵の間を抜けると、いわゆるレイテ平原に出る。遠く脊梁山脈まで米、煙草、甘蔗（かんしょ）を植えた、一望目を隔てるもののない平野である。二時間北上してハロの町、山に近い農産物集散地、ここからトゥンガを経てカリガラへかけて再び激戦地となる。

スコールあり。カリガラから海岸に沿って左折、カポーカン、クラシアンなど経て再び左折、レイテ島随一の激戦地、リモン峠を上りはじめる。

木のない草山、標高三百メートル、レイテ島脊梁山脈中最も低い地点で、ここから道は南下して、西海岸の良港オルモックに達する。

米軍上陸後十五日目の十一月四日から一カ月半、ここで第一師団（通称「玉」、東京、甲府、佐倉）が、米軍と一進一退の死闘を交えた地である。

稜線（りょうせん）の一つに、日米両軍の壕（ごう）が十メートルの距離で残っているところに、昨年の第一回訪問団が建てた木の慰霊標がある。十字形にしてあるのは、ルソン島に建てた標が住民に抜き去られたことがあるので、それを防ぐためである（信心深いフィリピン人は十字架には手を出さない）。

ここよりカリガラ湾、サマール島、ビリラン島、カンギポット（日本軍は歓喜峰と名づけた）のある西方山地が一望される。こんな美しいところで、なぜ戦いが行われねばならなかったか、という解き難い感慨。

人間の非業な死が、その親しい者の心にどんなに深い傷を残すかということが痛感される。政府は昭和三十三年の銀河丸をもって、南方戦線の山野に残る遺骨収集を打ち切ったが、これは遺族の感情では適切な処置ではなかった。政府がなにもしないから、民間の旅行社によって組織された戦跡巡礼団に遺族が参加し、発見された遺骨、破れた鉄帽、認識票、小銃、弾丸の破片に涙を注ぐのである。

民間でやることであるから、著しく感情的で不正確である。すでにリモン峠にはこのほかにもう一つ、第一連隊の原口大隊の奮戦したいわゆる「原口山」に向った高地にも、十字架が建てられている。これも私有地であるが、その家の農民が案内に立ち、一同が祭を行っているところへ、ひと抱えの遺骨を持って来た。ちょっと草叢へ入って行くだけで、これだけ集められるという説明がつくのだが、これはきわめて疑わしい。

農民があらかじめ集めてあったものである率が高いのである。しかし遺族の中には、興奮してこの中に自分の息子の骨がまじっているかも知れないと思い、オルモックまでのバスの中で、抱えて放さない人がある。

われわれはこの後、オルモック南方の二十六師団の激戦地、ダムラアンに近い川原で、はるかにブラウエンへ越える山径に向って慰霊祭を行った。戦没者の妹さんが、祭が終った後も、いつまでも川原の石にひざまずいて離れず、水に流れて行く祭具を見送っている様は、いたわしい光景であった。

レイテ島には日本の遺族のラッシュを収容する旅館の設備がない。二十五人の人数でも、三人から五人に一室をあてがわれ、シーツ一枚で、床に寝かされる老人もいる。

それだけの辛苦をなめても、戦った兵士の苦労と比べれば何でもない、とみなは思い、夫、兄弟、息子が死んだ土地に立っていることに感動し、満足して帰って行くのである。私は遺族の気持を尊重して、同行中はなにもいわなかったが、いつまでも遺族の感情を利用して、うそを吐く利益追求組織である旅行社に任せておくべきではないと思われる。


レイテ島に注入された兵力は十万に近く、そのうち帰還したものは、転進、俘虜を合わせて約二千である。ルソン、沖縄、インパールと共に南方戦線で最も犠牲の多かったところである。

政府もレイテ島ラッシュを放っておけず、この秋から独自の立場で遺骨収集をはじめるという。しかし厚生省が復員局から引き継いだ不正確な遺骨所在地図では、お座なりのことしかできまい。

戦後二十三年、やっと去年から緒戦の勝利の記録を出しはじめた防衛庁戦史室の怠慢であるが、怠慢にお座なりを重ねても、遺族を満足させることはできまい。遺族が旅行社の計画に参加し、自己の判断に基いて遺骨遺品の収集を行い、旅行社をうるおすのを避けることはできない。観光客同様チップをまきちらしてフィリピンの官民を腐敗させるだけである。

カンギポットはレイテ島西北の丘陵地帯中の一峰で、鈴木三十五軍司令官が「歓喜峰」と名づけて、レイテ島の敗兵の集合目標としたために、レイテ戦史中、最も有名な山である。

こんどの訪問団は、オルモックを基点として、半日の行程を組んだが、道が悪く、バスが付近に達することはできない。リボンガオからパロンポンへ向う街道上のマタコブ付近の、やはり私有地に慰霊標を建てたが、これは南へかたより、あまり適当な場所とはいえない。

道傍の小丘に「ヒルトップ・ガーデン」と看板があり、バスが近づくと、花火が一発上ったのには驚いた。丘上のチャペルには上品な中年の女性がいて、新築の礼拝堂に続いた部屋で、コカコーラとビュフェを供する。これは最近フィリピンでも次第に盛んになりつつあるレジャー旅行者のための施設であるらしい。従って旅行社の提携によってその敷地に慰霊標が建ち、多くの日本遺族が訪れ、チップをおき、お供物を残して行くのは、利益でなければならないが、民間でやっている以上、こういう場所にしか慰霊標を建てられないのである。

住民が北方の一峰をさしてあれがカンギポットだというのは少し疑わしいのだが、とにかくほかに情報のないわれわれは、それを信じるほかはない。

そこに新しい慰霊標を建て、祭を行ったが、北海道夕張から参加した梅原長治郎さん（七十五歳）が、いつまでも標のそばを離れず、亡き長男金太郎さんに話しかけるごとくかきくどき、ここまで連れて来てくれた訪問団長に感謝している姿は、見ていられなかった。

私はここで訪問団と別れ、ジープに乗って、カンギポットをさがしに行くことにした。この辺の山地は火山性の脊梁山脈とは違い、海岸から段丘的に五十メートル高くなったところから、高原的な起伏になる。風景も小ぢんまりとして来て、小さな緑地や椰子林が、随所に箱庭のようなまとまった美しい風景を見せる。

西北へ約一時間、ようやく夕闇の迫るころ、海岸の町ビリヤバに降りようとするところで、左側に意外に近く、比高七、八十メートルぐらいで、そびえる岩山を見つけた。

これはカンギポットではなく、標高二百五十メートルの「ブカブカ」と呼ばれている山である。カンギポット自身は三つの頂上を持つ百メートルそこそこの平凡な山で目標となり得ない。

カンギポットとブカブカは一キロしか離れていない。付近一帯に宿営し、ブカブカ頂上に展望哨を設けた、というのが、事実に近いであろう。山から海岸まで三キロの間に、タコツボが続いているという。

人家とあまり離れていないから、遺骨は住民によって一旦葬られたはずである。二十三年の間に土が流れて、再び現われたのである。

二十二日、マニラ帰着、私はホテル・フィリピナスへ移って、ミンドロ島行きの準備にかかったが、結論的にいえば、慰霊碑は、日比政府間の話合いにより、代表的なものをマニラに一つ建てるのが、最も望ましい。激戦のあった島にせいぜい一つずつである。この四月九日を期して、バターン二十五周年祭を行ったフィリピン人の国民感情も考えなくてはならない。彼等はバターンだけには日本人の慰霊碑を建てさせないといっている。よその国に建てさせてもらうのだということを忘れてはなるまい。

昔ながらの草の丘

拙作『野火』はレイテ島の敗兵を主人公としているが、フィリピンで私が駐屯したのはミンドロ島サンホセである。俘虜になってからレイテへ送られたので、レイテの自然は収容所の柵を通して見ただけである。

『野火』の田村一等兵がアカシアの立並ぶ村を出るところ、丘を越えた野戦病院へ行く途中、野火を見る描写は、ミンドロ島サンホセ周辺の風景を写したものである。

去る三月十八日から二十三日まで、私はフィリピン戦跡訪問団に加わり、レイテ島の激戦地を歴訪した。マニラのホテル・フィリピナスで一行と別れ、二十八日、ミンドロ島のサンホセを再訪した。

レイテ島とは違って、ミンドロはまだ民間団体による戦跡慰問はなく、昭和三十三年の政府派遣の遺骨収集船銀河丸も立寄っていない。私は戦後はじめて訪れる日本人かも知れないので、少し緊張した。

戦後二十三年、賠償問題が片付いてから、フィリピン人の対日感情は好転しているとはいえ、なお根強いものがあるのを、レイテで経験した。マニラ大使館の坂本書記官の斡旋でPC（国家警察）司令部から、護衛の指令を出してもらってから、出掛けた。

同行は中央公論社の高橋善郎、写真家池利文の両君。私個人としては、多少の危険を冒す動機はあるが、両君を巻添えにしては気の毒である。PC本部の指示により、私がもとサンホセ駐屯の兵士であるということは黙っていることにした。

朝六時四十五分マニラ空港発、七時二十五分サンホセ空港に着いた。米軍が上陸後三つの飛行場を作ったのは知っていた。ただ現在そのどれを民間飛行場に使っているか、わからなかったが、着いたのはかつてのわが駐屯地の四キロ南、米軍上陸地点に近い海岸である。三人のPCに迎えられ、ジープに乗ると、あっという間もなく町に入り、バライカ・ファミリイ・ホテルに着いてしまった。

私の知る限りこの辺はゲリラ地区であった。二十三年前のサンホセは、この辺の海岸平野の北端、製糖工場を中心とする町だったが、いまはかつてのゲリラ地区の村と合わせて、人口七千の町になっているのであった。

町長がこの辺のゲリラ隊長なら、ホテルの主人はルソン島のゲリラの大佐である。玄関わきには日本軍の重機がおかれてあり、出迎えた中年のメイドの顔には斜めに刀傷があり片眼がつぶれている。

飛んでもないところへ来てしまったと思ったが、PCの説明によると、傷は気が変になったフレンドの仕業とわかってほっとした。

警備は物々しい。奥の一室に三人いっしょに閉じこめられ、廊下の籐椅子には一人のPCがいつもすわっているし、夜は隣室に一人が泊る。若い中尉が始終来て、指示を与えて行く。

もとのサンホセはいまはセントラルという小村に転落している。これは製糖工場の名称だが、工場は私がいたころは休転していた。その後錆びた機械を修理し新しい機械を入れたが、結局一度離散した労務者は集らず、近く工場の機械はそっくりネグロス島に送られるという。工場管理は従ってこの設備の維持だけなのだが、それがどうやら大変なことらしいのである。

午後、二人のPCに護衛されて、セントラル訪問。まず村の入口、道路が横木で遮断され、私設警官が守っているのに驚いた。こんなことは私がいた時にはなかった。戦後フィリピン人全体の気が荒くなり、治安が悪くなったのである。

私が六カ月寝起きした小学校は、いまは会社の事務所になっている。裏庭には日本兵の墓があったはずだが、というと、マニラに改葬されたという答えであった。

最も印象的なアカシアの大木は昔とかわらない。一九一一年工場設立当時、家々を雨から守り、日陰を作るために計画的に植えられたものであった。

村の背後の丘に導かれた。駐屯中はこの丘のゴルフコースのような整った柔らかな緑を嘆賞したものだったが、これはもと甘蔗畑だったところ。戦争中から放棄され、草山になっていたのだった。現在では牛が放牧されている。いまやセントラルは製糖ではなく、牧畜の盛んなところで通っているという。

この丘にはかつてこの地区で死んだ米比日の兵士が合葬されていた。しかしいまは記念碑の台座だけが残り、遺骨は全部マニラの共同墓地に移されたという。黙禱（もくとう）した。

昭和十九年十二月十五日、米軍の上陸前の艦砲射撃が始ると共に、われわれは兵舎をすてて、北上した。日暮れころ、約十キロ東北方の、われわれが鋸山と呼んだ岩山のふもとに着いた。そこには『野火』で描いた伏せた裸女のような曲線を見せた丘があり、美しい別天地を形づくっていて、敗兵の感傷をそそったものだった。

私としてはかつての敗走路をたどって、出来れば鋸山のふもとまで行ってみたかった。しかしこれは私がもとここにいた兵士であることを告げずには出せない要求である。PCの案内の予定では、この後東北方のコントオロイという観光地、ハンチングの名所へ案内してくれるという。そこから鋸山が見えるかも知れない、というはかない望みにすべて託して再びジープに乗る。

いったんサンホセの方へ引返し、別の道を東北に進む。もとわれわれが警備した不時着飛行場は、いまはタバコ畑になっている。日が暮れて来た。サンホセ平野の北を限る丘陵を回ると、果して鋸山が見えて来た。道は西へ向い、どんどん鋸山に近づいて行く。

標高四百メートルくらいしかないが、とがった礫岩（れきがん）の山巓（さんてん）が、約五キロにわたって、屏風（びょうぶ）のようにつらなっているのである。

その前に草の丘が、昔ながらの女の胴のような美しい曲線を見せて横たわっている。

二十三年前、私はマラリアを病む兵士として、この美しい風景を見た。進むにつれ、自然は美しくなって来るので、自分の死が近づいたと信じた。

生涯に二度とこの美しい風景を見ることはあるまい、と思った。事実その時いっしょに敗走した七十名の僚友にとってはそうだった。二十三年後、私だけサンホセを再訪して、この美しい風景を見ているという不思議。

二極対立の時代を生き続けたいたわしさ

裕仁天皇重篤の報を聞いてまず思うのは、「おいたわしい」ということです。

歴史上いろいろ問題はあるとしても、明治二十二年の憲法発布と同時に、当時の枢密院議長・伊藤博文が天皇家は万世一系であると決めてしまった。しかも伊藤は日本は外国に敗れたことがないとも言った。明治以後の天皇は、よかれあしかれ、そのワク内で身を処してきた。「昭和天皇」にすればその日本が、自分の代で敗れて降伏しなければならなかったわけだ。

歴代天皇の中でこんなにつらい経験をした以上、そのまま退位はしたくなかったに違いない。それが戦後、日本はここまで戦前を上回る経済成長をとげた。天皇にすれば、よくもここまで来たという、およろこびがあったろう。しかし敗戦・降伏という汚点は拭いきれない。それゆえ威厳を取り戻そうとする気持ちから最後まで解放されなかったのではないか。

ぼくが何よりも「いたましい」と思うのは、「昭和天皇」の生涯が戦前・戦後を通じて、日本と世界が左右の対立抗争を深めていく時期と重なっていることだ。

時代を追っていくつかの事件例をみてみよう。裕仁皇太子が大正天皇の摂政になったのが大正十年（一九二一）。その二年後、早くも難波大助に一命を狙われるという、いわゆる虎の門事件に見舞われた。

大正十四年（一九二五）には普通選挙法案と、治安維持法案が抱き合わせで国会を通過。民主制度と、それとは対立的な制度を象徴する二法が、ほぼ同時に実現したわけだ。

昭和二年（一九二七）には二年後の世界大恐慌に先立って、日本は金融恐慌に見舞われる。一方、この時期、ロシアの革命政権が、一国社会主義による五カ年計画を重ねて国力を強めていく。その結果、国際的には動乱を強める指令を出す。その一つの表れとして日本共産党に天皇制廃止といった実行不能なことをいうなど、世界全体に対立が深まっていく。昭和三、四年、日本では共産党員の大検挙が起こる。

そして昭和六年（一九三一）満州事変。これを機に関東軍の独走がはじまる。政府が戦線の不拡大方針を唱えても軍部を押さえられない事態になる。軍の首脳も、このあたりから、関東軍がつくりだす既成事実の事後承認に追われざるをえなくなっていく。

昭和十一年（一九三六）の二・二六事件のときも同様だ。天皇は、「国家改造」を唱えて政府要人を殺傷した反乱軍の鎮圧に成功したかにみえたが、その後、軍事予算が飛躍的に伸びる動きまでは阻止しえなかった。

天皇はむろん、明治大帝にならって「威厳」を重んずるお気持ちがあったように察せられる。しかし、その半面、立憲君主として政府が決める国の方針を追認していかざるをえない。

追認、というと歯がゆいが、明治憲法下で天皇の諮問にこたえて軍部の独走をチェックするはずの枢密院も、うっかりすれば暗殺の的にされかねないから手も足も出ない。天皇といえども暗殺の危険から完全に免れていたとはいいがたい。対外戦争用の軍は、いつでも国内暴力に転化する可能性があった。

結果的には天皇も時代の流れに流されたように見えるけれども、問題は天皇だけではないでしょう。そのとき、多くの国民が時流にどう対応していったか、ということもある。

軍が大陸に侵略を進めて南京から武漢、そこからさらに重慶爆撃へと歩を進めているときに、ドロ沼に足をとられる危機感を感ずるかわりに、むしろうまくやった、もっとやれ、と提灯行列をやっていた。

中国に対して無差別攻撃をして少しも残虐とは思わなかった。国中があげて、中国をばかにして、いくら殺しても奪っても当たり前という風潮がひろがっていた。日清・日露戦争で予想以上の勝利を博して、満州まで取らなきゃだめだ、という潜在志向に勢いがついた。

東京空襲や原爆を落とされて急に相手の「無差別爆撃」を告発する資格があるかどうかということも考えてみる必要があるでしょう。

治安維持法や国家総動員法の締めつけと軍部独走のもとで、天皇は日本の進路を憂い、国民は父兄が戦場で命を失うのを悲しみながらも、その裏側で、国民が戦局の推移に積極的に接していたかにみえるのは、いかにも歴史の皮肉といわざるをえない。

その中で、ぼくはと言えば、中国から、東南アジア、太平洋地域へとどんどんひろがる戦局にソッポをむいて、日仏合弁会社でサラリーマンになっていた。戦争の旗ふりをしている便乗主義者の言い分に耳を傾ける気はまったくなかった。

昭和十九年（一九四四）、ぼくが三十五歳のとき、そろそろ来るなと思っていた召集令状がついに来た。

その瞬間、思ったのはこうだった。どうせ兵隊にとられて戦争で死ぬのなら、もっと前から国家権力を相手に反戦運動をやって殺されていた方がよかったのではないか……。

しかし、よく考えてみると、ぼくが反戦運動に身を挺さなかったのは、そのときのぼくなりに、国家権力の圧倒的な力とぼくの無力さには開きがありすぎるという認識があった。身を投ずる度胸がなかったのだ。だがそれだけでなく、日本の共産主義者が国家権力の強さを知ろうとせずに刃向かっては確実に弾圧されて命まで奪われている現実を、比較的、さめた目で見ていた、ということがある。

反戦運動を真剣にやれば、まず確実に死ぬより他ない。それに対して兵隊にとられたからといっても必ずしも死ぬとはかぎらない。じじつ日中戦争の段階では戦地に行きながら生きて帰ってきた人たちが、いくらかはいた。はじめから負けることは分かっていて戦争の行く末にはまったく悲観的だったが、諦めていた。敗戦後のみじめな現実は、生きるに値しないとやけっぱちな気持ちだった。

それでもぼくを戦場に引っぱり出すのは、国家権力という、実質的には天皇に出る幕など与えない、得体の知れない怪物だ、という意識があったから、天皇その人への恨みがましい気持ちはなかった。

とまれ、天皇と国民が、結果としては、あげて歴史の愚行に参加し、その点ではわれわれもいたわしかったが、天皇にもいたわしさを感じていた。敗戦という苦いものは、ともにのまざるをえないと思った。

国民の方も、戦時中は天皇にひざまずき、戦後はマッカーサーに始まり、やがては自民党支配までを唯々諾々と受け入れていく。しかもその間、おしなべて、国民にひろく天皇に対する親愛の情が根強い。これはなぜなのか。

柳田国男は敗戦直後、事大主義が日本人の本性か、といったが、あるいはそうかもしれない。しかし私は前線で天皇の名の下に死んだ戦友を埋葬してきた人間である。この経験の呪縛からのがれられそうもない。

歴史的には戦前から抗争・対立の時代だったが、それは戦後にも東西冷戦、朝鮮戦争、ベトナム戦争などに尾を引いていく。日本はそうした紛争からアメリカの補給基地として漁夫の利という形で少なからず利益をあげた。あげく、悪運強く夢のような大国にのしあがった。

繁栄は人間をばかにする。戦前から日本人はアジアの片隅で世界情勢を「タカくくり」するくせがあったが、相変わらず「経済大国にふさわしい軍備を」とかなんとか古臭いことをいっている。しかしいま、幸運にも抗争・対立の時代が去り始めた。『大国の興亡』を著したポール・ケネディがいう「二極対立構造」が、どうやら終わりを迎えようとしている。米ソ両国でＩＮＦ（中距離核戦力）の廃棄が合意に達し、実行されている。ソ連もペレストロイカを進めようとしている。

こうして世界がどうやら二極構造から脱しようという時期に、昭和の天皇は歴史の舞台から去ろうとしておられる。

かつてフランスの哲学者の一人が、君主とは生まれる手間しかかけない、と言ったことがあるが、「昭和天皇」は、生まれてから二極構造が生みだすさまざまな問題の応接に追われた。そしてこの間、裕仁天皇はよく切り抜けてきた、とそれだけは言ってあげたい。二極対立の終焉が見えかかったところで、その一瞬前に昭和が終焉を迎えようとしている。裕仁氏はやはり運が悪いおいたわしい天皇だと言わざるをえない。

一方、国民の側には、何百万人という兵隊が命を失い、罹災者を出したという重い事実がある。それは今後も考えつづける必要がある。一方、若い人びとの間には天皇や天皇家なんかどうでもいいじゃないか、というアッケラカンとした態度も強まっているという。これは、また一つの問題だ。

これまでの理論ではどうにも説明しにくかった、天皇をはじめとする権威にひれふす習性から国民が脱け出しつつあるのならいいが、一転して何にでも盲従する可能性を持っているとすると、あぶない。

巻末エッセイ

解き得ぬ心

阿部　昭

天皇崩御のテレビでは、さまざまな人がさまざまな発言を行ったが、私が最も共感を以て聞いたのは、「親を亡くしたようなもので」と言って絶句した大正生まれや、ニュアンスは違ってもやはり「おやじが死んだ時のよう」と、言葉少なに語った五十代の声であった。あたかも彼ら少数者だけが、いわば骨肉の情において虚を衝かれたことを率直に告白するかのようであった。

「親を亡くしたような」とか「おやじが死んだ時のよう」といった日本語が、この先いつまであるかは分からないが、「親に死なれる」という物言い自体は古び、時代遅れとなっても、そういう感情が亡びることはあるまい。親が死ぬのは物の順序と言ってみても、断罪さるべき親だったと言ってみても、親などいっそ無用と言ってみても、親の死という事実の解きがたさは残る。それはおのれ自身の心の解きがたさと言っても同じであろう。

一方、四十四年前の八月のあの日以来、この日の到来を待つとなく待った人々が国の内外にいたことを思えば、その間もひとり天皇にとっては戦争は続いていた。天皇に限らず、われわれがその死の意味づけだけを求めてやまない死者の孤独ほど、「昭和」という時代の虚しさをよく象徴するものはない。天皇の死も、その点では、おびただしい戦争犠牲者のそれと隔たるところはないだろう。彼らの死は、今後とも随時「平和利用」される時の他は、ニホンの泰平と繁栄の底に忘れられているだろう。

私は昭和九年生まれだが、私が育った家庭には、両親が子供たちに天皇を神様だと信じ込ませるような空気は少しもなかった。別に悪ふざけでもなく、亡父は大正天皇の奇矯なふるまいを手振りよろしく再演して見せたりしたものである。もっとも、これは海軍士官の家庭に大方共通のものであったろう。昭和二十年には、その父はもはや戦闘力を喪失した帝国海軍の、豊後水道における掃海隊司令の任にあったが、辛くも生き延び、脚をひきずって帰って来た。そのとき、小学生の私は父のあまりに老人なのに驚き、失望させられたが、実際はちょうど現在の私ぐらいの年齢に過ぎなかった。元軍人が道を歩いていると、子供に石を投げつけられることもあった時代で、息子の私は学校で級友にいきなり「センパンの子」呼ばわりされてショックであった。以後、私は父の本来の職業を不必要に口外することを固く自分に禁じた。

少年の私は父親のそうした前歴ゆえに、自分の将来を閉ざされたように感じ、暗くなったりひねくれたりしたが、さすがに「昭和」の五十数年を生きて、かつては見えなかったものが少しは見えてきたように思う。私の父方には一種の鬱の狂気が遺伝されているらしく、祖父も伯父も晩年その悲惨を免れなかったから、一家の特殊事情もあるかもしれぬが、父もまた復員早々、猛烈なペシミズムにとりつかれた、と今になって私は理解する。芸術にも文学にも無縁な人間の場合、ペシミズムとはただ坐して肉体もろともその狂気に食い尽くされるのを待つことでしかない。私は父が自分の手で処分しそこなった最晩年の手帳を何冊か持っているが、後半次第に空欄が多くなるのは当然としても、「入浴」（水汲みを楽しんでいたようだ）とか「散髪」（ほとんど禿げていたにもかかわらず）とかいう記録しか見当たらなくなって行く光景に、何か慄然たるものを覚える。

「いやだよ、ニホンなんて国は」（『風流夢譚』）と思っていたのは、なにも軍人嫌いの永井荷風や深沢七郎のような日本人ばかりではなかった、ということを証言しておきたい。一朝にして方向転換した同胞への憤怒や失望の色を隠せない父親と日々暮らすうちに、私も子供ながらにそのペシミズムに感染せずには済まされなかったにちがいない。そうでなくても私は父の遅すぎた子であった。

「明治」二十五年生まれの父が私に与えた感化には貴重なものも少なからずあったが、同時にペシミズムという名の老衰の芽をも否応なしに植え付けられたという気がする。「新しい文化国家日本を作りましょう」といった式の嘘を、私も学校の作文には綴ったが、そんなニホンが私の目に見えるはずもなかった。

先頃、『昭和文学全集』に再録された私の旧作〔「司令の休暇」〕に懇篤な解説の文章を寄せられた紅野敏郎氏に、私は深く感謝している。父親を書いた拙作についての氏の言葉は、いまさらに私の肺腑を衝いた。氏は指摘されている、「〔作者がそこで書いたようなことは〕戦後の民主主義的風潮とはまったく逆で、その時点ではほとんど文学的材料にはなり得なかったものである」と。嗚呼！　まさにそのことを私は書く前から予感していたし、書きながらもたえず感じていた。

実のところ、「昭和」は私には天皇崩御より一と足早く、旧臘二十五日、大岡昇平氏の死とともに終わったというのが実感である。同じ比島で戦った作者の亡父への惻隠の情からにもせよ、氏が一軍人の戦後を描いた新人の小説に、すなわち「その時点ではほとんど文学的材料にはなり得なかったもの」に、理解と好意を示されたことを私は今に銘記している。天皇と戦争と死者の影から遂に解き放たるべくもない「昭和」は、『俘虜記』『野火』の作者にいかばかり長く感じられていたことであろう。余談ながら、私が見た限りでは、国会運営やリクルート疑惑のニュースは措いても、「昭和」の文学者大岡昇平他界のそれをトップに報ずるほどの見識あるテレビ局は、一局もなかった。

（「新潮」一九八九年三月号）

解説

一兵士に徹した生涯――大岡昇平論

城山三郎

私は強い不眠症で、四十歳のときに体重が四十七キロに減り国立第一病院に一週間入りまして、そのとき医長の人から「とにかく一週間に一日絶対仕事をしない日をつくりなさい、できれば戸外へ行きなさい」と言われて、ゴルフを始め、それで治ったのですが、大岡さんもゴルフがお好きで、それで親しくしていただくようになりました。大岡さんは大磯にお住まいで、講談社のゴルフコンペのある場所は八王子の向こうだったりするものですから、片道二時間半とか三時間一緒に車に乗って、ゴルフをやっている時間よりも車に乗っている時間のほうが長いような、そのあいだに実にいろいろなお話を伺うというのがきっかけでした。

当然戦争の話、戦争ものを書く場合の取材のむずかしさとか、いろいろなお話をするようになりましたけれども、共通するのは、私も大岡さんも兵士ということです。一兵士で終始したということです。

大岡さんに「出征」という短編があります。そこに大岡さんが出征するために、九段の連隊から発つということで、神戸にお住まいの奥様とお子さまに、面会ができるという電報を打つ話がでてきます。出発する日の朝、奥様が子どもを一人背負い、一人を引っ張ってこられたのですが、行き違いになります。九段の連隊へ行ったところ、衛兵に、中央大学から出ていくから中央大学に行けと言われ、そこへ行ったら、ここからは出ないから九段に戻れと言われて、また九段に行ってというふうに、小さな子二人を連れて夫人はさんざんな目にあう。しかも初めての東京で。だれか見かねた人が案内してくれ、品川の駅から乗るからというので、そこへ行って、ようやく会う。大岡さんもびっくりするのですが、奥様が子ども用の水筒に当時の配給の酒をつめて行ったので、それを大岡さんは路傍に座って飲む。「先に涙を流したのは私、妻は顔を左右に反けながら黙って泣き続けた。」そういう光景を兵隊たちが見て、「大岡、かあちゃん、品川駅頭涙の別れ」という笑い草にその後ずっとしたというのです。そういうところから大岡さんの兵士としての生活が始まっていきます。

兵士は何を奪われ何がないかというと、ないものだらけなのです。私の実体験から言っても、まず情報がまったくない。そして、ないない尽くしでいえば、意見が言えない、抗弁できない、絶対的服従を強いられます。いわゆる自由がない。もちろん言論の自由もない。戦地に行っても兵器もない、弾丸もない、食べ物もない、ということになっていくのです。

そういう経験をされた方は、そういうことに対する腹立ちがあると同時に、そういうふうになっていかないような社会にということを、人一倍お感じになると思います。そういう意味では、絶対的な体制とか、絶対的な権威、いずれにしろ権威というものに対してきわめて批判的、否定的になります。それからいろいろな自由をどうしても守りたい、あるいは個性を守りたい、そういう気持ちが非常に強くなってくる。人一倍強くなるということが言えると思います。

もちろん全部が全部そういうふうにならないで、批判的にならないでやっていく兵士もいます。つまりそういう生活に慣れきってしまう。人間の社会一般的に言えることですが、非常に不満だったけれども慣れるのが早い、あるいはあきらめる、あるいは慣れると同じことですが、組織に順応するということで、それなりにハッピーに暮らす方法もあると思います。

でも、大岡さんは最後の最後まで批判的、変わらない兵士だったと思います。とにかく大岡さんはそういう意味では、失ったもの、奪われたものの巨大さに終生歯噛みをしながら、そういうものを憎みながら生き通した人だ、と私は感じています。

将校でもずいぶん立派な人はいますけれども、兵士が冷たくされるのは日本に限らなくて、『レイテ戦記』を読みますと、日米の将校と兵士を比べてみて、日本の将校が負傷した場合は担架に乗せて手近の野戦病院とか、「後送」と言いますが、後ろへすぐ送るというのです。ところが兵士の場合はなかなか後送しない。腕を撃たれて腕が腐ってウジがわいている状態になっても置いておかれる。そして看護兵がきてやってくれるのは、そのウジをとってくれるだけだということを、大岡さんは『レイテ戦記』にお書きになっています。

アメリカはさすがにそういうひどいことはありませんが、これは軽い話といえば軽い話ですけれども、アメリカの将校たちは、休日は、オフの時間はダンスに行ったり、デートもできる。ところが兵隊はただダンスしかできないとか、兵隊はどんどん戦死しますから、戦死後の年金をあてにして結婚する女性が出てきて、離婚沙汰が非常に多かったという話が出てきます。

いずれにしろ、兵と士官とのあいだにはいろいろな意味での違いが、日本だけでなくあるということだと思います。

そして戦地では、『レイテ戦記』に書いてある話によると、とにかく食べ物がない。ほんとうにないので人間の肉を食うよりしようがないということで、これは大岡さん自身の体験というよりも、大岡さんが俘虜になってレイテに行ってからいろいろ見聞された話になりますが、とにかくレイテでは、日本の兵隊も必ず二、三人で歩け、一人で行くととって食われてしまうというのです。日本人同士ですよ。向こうから兵隊がきて、こっちからも兵隊が行って、すれ違うときは、こっちから大声で「オオッ」と声をかけろ、と。そうすると、元気があるように見えるから襲って食おうと思わないというのです。野獣の出会いみたいです。それほど飢えているということをお書きになっています。

『レイテ戦記』によると、フィリピンの決戦に参加した日本軍は五十九万、戦没者四十六万、消耗率七八％。レイテ島に限っていえば消耗率九七％、つまり百人中三人しか生きて帰らないということです。それは飢えなどを含めてそういうことになるのです。そういういちばん熾烈な戦いがレイテで行われる。大岡さんはその近くのミンドロ島にいて、マラリアにかかって捕虜になってレイテ島に送られるのです。そしてそういうレイテのいろいろなことを知っていくわけです。

とにかくそういう戦争の悲惨さがありますが、あの本にも作戦の失敗などがいろいろ書いてあります。それもあとから調べてみると、とても戦争のできる状態ではなかったのです。こっちが一発打てば百発返ってくるというのです。勝負にならない戦争をやったのです。食うものももちろんない。大岡さんは『レイテ戦記』の終わりのところにエピローグとしてこういうことを書いておられます。

国民というものは国家の利益も考えなくてはいけないのですが、国際条約などで承認されたものとして、「国家の利益のほかに各々の個人的、家族的な幸福追求の権利をもっている」という考え方があることを大岡さんは紹介します。日本人というのは忠君愛国で天皇のために生き、天皇のために死ぬために生きている。それが「御民われ……」という教育であり、ご年配の方は皆さん受けていらっしゃると思いますが、個人の幸福とか、家庭の幸福とか、そういうことを追求する権利をもっているという考えは毛頭ない。国家に尽くしてこそ家庭に尽くすのだ、家の名を上げるのだという教育だったのですが、本来は個人的、家族的な幸福追求の権利ももっているのです。したがって、軍が集めた兵、徴募兵に戦いを続けさせる条件がもうないとみた場合、さっきのレイテの場合のように大砲もないし、兵力もぜんぜん違うし、食べ物もない、戦いを続けさせる条件の維持に失敗した場合は、軍は降伏を命令しなければならない。

そのために諸国はお互いに俘虜に対して自軍の補給部隊と同じ給与を与え、あとで決済するという国際協定を結んでいる。これは国際協定です。日本もその国際協定を結んでいるのですから、補給ができなくなった場合、戦いを続けさせる条件に欠けるようになった場合には降伏するということを、軍の司令官は命令しなければいけないはず、と大岡さんは言う。でも、そんなことは聞いたこともないし、年配の方もおそらくお聞きになったこともないと思います。そういう情報は一切与えられていない。

だから、さっき言いましたように、兵に限らず日本人は、すべてそういう情報を与えられないで、情報管制のもとで生きてきたのです。ですから、戦って死ぬしかないという考え方になる。むしろ「生きて虜囚の辱めを受けず」、これは東条英機大将のつくった戦陣訓で言っている言葉ですが、生きて捕虜になってはいかんということを言って自決を強いたということです。そういう考え方は国民に無駄な犠牲を強いる罪悪であり、醜悪なものであるということも大岡さんは書いておられる。そういう罪悪であり、非常に醜い機構のなかで生きたということに対する憤りが、大岡さんの全身にみなぎっていると言えると思います。

これには、そういう戦闘をした司令官にも責任がありますし、もっともっといろいろな問題があるというのです。大岡さんの『レイテ戦記』の考え方では、そういう段階におかれた日本兵はほとんどおどおどして無害な存在になっていたというのです。食う物もないのですから。住民と接触して、「何か食物を」と言いたいのだが、居丈高になっていったらもらえませんから、住民に対しておどおどしたりする。もちろん戦闘能力もない、戦意もない。放っておけばよかったのに、戦わせ、米軍はそれをまた撃った。

だから、戦争というものは自分の見た範囲内だけではなくて、いろいろな角度から、そういうものを演出したというか、そういうところへ追い込んでいった構造、そういうものに注意しないと、また同じことが起こりかねない、と大岡さんは説く。つまりこれはアメリカの側にも問題があるというとらえ方です。

マッカーサーのお父さんであるアーサーという人はフィリピンにいて、フィリピンのレジスタンス、独立運動を三年間容赦なく弾圧した人です。そこでマッカーサーは生まれている。極東での弾圧の始まりだということです。そのマッカーサーは子どものとき育ったフィリピンに愛着があって、フィリピンがスペインからアメリカのものになって、また独立していくわけですが、いずれにしろ、アメリカのメンツを何よりも考える男で、一度追い落とされて屈辱の思いで逃げ落ちていったわけですが、有名な言葉として、また戻るのだ、「アイ・シャル・リターン」という言葉の約束を実行しようとした。大岡さんに言わせれば、それは虚栄心だというのです。日本と戦って日本をやっつけるなら、ガダルカナルから真っ直ぐ日本本土に向かえばいい。何もフィリピンまで行く必要はない。それは、フィリピンは父親がかかわり自分もみじめに逃げのびた、そこをとり戻すだけでなく、アメリカの利権の土地にしておきたいからだ、と。

私たちが子どものときによく歌わされた歌で、「何を、ニミッツ、マッカーサー」という歌がありました。アメリカで日本に攻め向かってくる大将はニミッツという将軍とマッカーサー将軍、二手に分かれてきたわけです。ニミッツは中部太平洋を一挙にサイパンから日本に向かって攻めのぼろうという作戦をとった。マッカーサーはそれに反対してフィリピンから行くべきだということで、とうとう二つに分かれて、マッカーサーはフィリピンに入ったのです。だから、大岡さんに言わせれば、日本を倒すという目的ではないというのです。それは軍人、将軍の虚栄心だというのです。

日本直行説を唱えたニミッツは、戦争というのはできるだけ両軍に損害が少なくて終わるのがいいから、日本に真っ直ぐ攻めのぼっていこうという説をとなえたのに、マッカーサーはフィリピンにこだわったわけです。フィリピンに行って、またフィリピンでの戦い方が、とくにルソン島での戦い方は、日本軍と戦うというのではなくて、日本軍を包囲する、殲滅するという戦い方をする。レイテでもそうです。だから、逃げ場がないから日本軍はめちゃくちゃな残虐行為をする。どうせここで殺されてしまうのだからというので。だから、日本軍による残虐行為にはマッカーサーのほうにも責任がある。包囲されたために中の人たちが逃げられなくて、市民までむざむざ殺されてしまう。これが全部日本の戦争責任にされて山下奉文将軍は死刑にされた。そういうふうに大岡さんは書いておられるのです。

戦争をしたら相手を押し返すようにすればいいのに、逃げられないような戦闘をした。そういう戦闘をずうっと見ていて、ニミッツというもう一人の将軍は、マッカーサーは自分の赴くところ常に激戦地にならなければ気が済まなかった男だと言っています。とにかく行くところ行くところ激戦地にしなければ気が済まなかった、こういう最悪の将軍が日本にとって――アメリカにとってもそうですが――最悪の作戦で向かってきて、真正面からぶつかったところがレイテだったということです。

そういう意味では、レイテに戦争の悪が集約された形で出てくる。『レイテ戦記』を読みませんと、なぜフィリピンの一つの島の戦争のことを、大岡さんは五年以上かけて調べて書いておられるのかはわかりません。単行本として出すまでに五年以上かかっているわけです。あの厚い三巻の本を読みますと、これはやはり書かなければいけない。大岡さんはもちろん鎮魂歌としてお書きになったのですが、鎮魂歌を超えて、後世への教訓、ただ戦闘だけではないのだ、戦略の問題があり、戦争というものは実に奥深いいろいろなもののうえで行われてくるのだということを伝えたかったのだと思うのです。

と言って、大岡さんは決してめそめそした兵隊ではなかった。もちろん強い兵隊ではない。そんなに熱心に戦うほうではありません。強い兵隊ではないけれども、兵士として強い人間だった。強い兵士ではなくて強い人間だったと思うのです。『靴の話』という最近出た文庫本のなかに入っている「捉まるまで」という短編があります。これは中編と言ってもいいぐらいの長さです。これが『俘虜記』の原型になっていると思います。アメリカ兵と向かい合って、撃つべきか撃たざるべきかということで悩む話を書いて、その先でこれが『俘虜記』に作品化されていくのだと思います。

私がとくに、大岡さんは強い兵士ではないが強い人間であったと思うのは、大岡さんは、自分の前に死がどっかりと腰をおろしている。死と対面して自分は逃げられようがないのだということを感じる。それがまず一つあります。

ところが大岡さんは文学者でもあるし、芸術家ということもあるのでしょうが、レイテの山、あるいはミンドロの山を歩いているうちに、緑の美しさにうたれるのです。熱帯の緑、椰子の緑、ああ、自然というものはこんなに美しいものかということです。これを「自然の懐で絶えず増大していく快感」という言葉で言っていらっしゃる。自然の懐のなかに抱かれていると、その抱かれているだけで生きていることの喜び、快感がずうっとふくらんでいく。これはまだ戦争が始まっていない状態です。始まっていても直接まだ身にかかわってこない。だから、ひょっとしたらこのまま自分はこういう自然から生きる力を得て生きて帰れるのではないかというので、生還の可能性を考えるようになった。二つ目の段階はそうなるのです。

ところが、親しい兵隊が一人いて、これはどこかの会社の重役の息子だったそうですが、とにかく軍に対して腹ばかり立てている。「ほんとうに愚劣なことをしやがって、こんな愚劣な軍のためにここで死んでたまるか」ということを繰り返すのです。大岡さんもだんだんそうだという気持ちになっていく。大岡さんもいろいろなことを勉強し、いろいろなことを知っている人ですから、もちろんそう思っていたのですが、もう一人そういう仲間がいて、共鳴して、それと生還ということを結び合わせて、軍から脱走し、ミンドロ島から脱出しようと考える。

そこまで普通考えないものです。あんなところで、フィリピンの一つの島から脱出してどうするか。でも、真剣に計画を練って、浜辺にある帆船をぶんどり、ボルネオか仏印かと比べたあげくボルネオに行こうという計画を立てる。もしそれがだめだった場合には山にこもろうというのです。山にこもって生活し、草の根を食べても生きよう、と。

二人とも『ロビンソン・クルーソー』を読んでいたのです。それで二人で思い出すんです。ロビンソン・クルーソーはああした、こうしたということを思い出して、ロビンソン・クルーソーの知恵を自分たちが生き延びるために役立てよう、と。それから山地に住んでいる住人のところへ訪ねて行って、竹で火をおこすやり方を習ってくる。ですからもう夢物語ではないのです。現実に脱出しようということを考えていくのです。

だから、みんな陰気な顔をしているけれども、「自分たち二人は快活だった」と書いてある。二人は生きて逃げるのだということの計画も立てているわけですから。

そのためには体力をたくわえなければいけないというので、病人の残した粥は普通気持ちが悪くて食べません、病人が口をつけていますから。それを食べる。それから地に落ちているめし粒も拾って食べた。少しでも体力をつけなければということで。ところがマラリアにかかってしまう。下痢をする。そうすると今度は、消化器によけいな負担をかけてはいかんというので断食をするのです。これも強い意志です。でも、やはりお腹がへりますから何か食べたくなるのでしょうが、下痢の状態で食べると消化器を弱める。これは生き延びるのにまずいというので断食をする。

それから衛生兵から、マラリアにかかって下痢していたら水は飲むなという注意を受けるのですが、大岡さんの考え方では、水を飲まないと早く死ぬ。これはそうだと思います。けれど、衛生兵という専門家に言われた場合には従わなければいけないのですが、断じて水を飲むと言って飲むのです。そのために分隊長は怒って、大岡に水をもっていってはいかんと命令する。もう自分の分隊の人はもってこない。そこで大岡さんは何かのことで通りかかったよその分隊の兵士に、「とにかく水をください」とたのむわけです。そうすると、哀れですから水をくれる。そういうチャンスがないときは這って水の流れているところまで行って水を飲むということで、そこから先は非常に強い男、強い人間になっています。とにかく生き延びるのだということでやっていくのです。

移動するときも、弾薬を持って移動しなくてはいけません。弾薬をたくさん持っていかなければいけないのに、三十発しか持っていかない。自分の体力では三十発撃ったらもう続かないということで、あとの弾薬は置いていってしまう。これは兵士としては弱い兵士です。でも、人間としては強い人間です。そういう意味で、決してめそめそするような人間ではない。そしてマラリアで倒れて動けなくなってからも、寝たきりになっても、雨期に入ってパラパラと雨が降ってくると、口をあけて、両手を広げて手の平にたまる水をとる。そうまでして生き延びようとしたというのです。

この仲間が四人いたそうですが、最後に大岡さんだけが生き残るのです。そういう生きる執念があった。そして意識朦朧として米軍の捕虜になる。

捕まったあと大岡さんが言ったのは、とにかく水をくれということです。いつ殺されてもいいから水をくれということで、水をもらってよく飲んだと言います。ヘルメット一杯のなみなみとした水を三十分かかって飲んだというのです。鼻から水が出るぐらいだったと書いてあります。生きるために水が要るということ、その先殺されるにしても生きるために水が要る。

もう一つ、私は非常に尊敬するのですが、アメリカ軍の陣地に引っ張られていかれたところ、そのアメリカの部隊にとっては初めての捕虜だったらしいのです。向こうはめずらしがるのですが、大岡さんにしてみると、捕虜は殺されると聞いていますから、アメリカ兵たちが自分がこの世で最後に見る人間だと思うのです。だから、人間というものへの別れという意味もあって、どんな人間だろうと好奇心を持つ。そのために貪婪（どんらん）な好奇心で視野に入る米兵をながめ続けたというのです。死の寸前という衰えた体で、しかもこの先処刑されるかもしれないという状況で、最後に見る人間だからというので、貪婪な好奇心で視野に入る米兵をながめ続けた。これは大変なことだったと思います。やはり文学者だった。すばらしい先輩だったという気がします。

こういう大岡さんですが、さっき言いましたように、私などを温かく見守ってくださいました。たまたま大岡さんを担当する編集者が私も担当していました。「若草物語」という大岡さんが昔書いた小説がありまして、ずっと絶版になっていたのですが、その編集者はそれを本にしようと言って大岡さんに話をした。ただし大岡昇平著「若草物語」では絶対売れませんと言った。それはぼくも、あの怖い顔した大岡さんが、「若草物語」を出しても売れないと思った。題名を変えなければだめですということで、どういう題名に変えるかいろいろ言い合ったあげく、最後にもっていった題名が『事件』だったんです。

大岡さんはとんでもないと不機嫌で、もうおまえ帰れ、もう話したくないと言う。ところがうちへ帰ってきたら、夜中に電話がかかってきて、「ウーン、考えてみたらいい題だ、あれでいいよ」と言われた。私は『事件』という題はよかったと思います。「若草物語」ではとてもではないけれど売れません。そういう人なんです。

その編集者は絶えず両方を行き来していましたから、私の書いたものについて大岡さんはこう言いましたよとか、こういうところを褒めていましたよとか、伝えてくれる。だいたい褒めるというか、慰めの言葉を聞くのが多かったし、そして二言目には、少年兵は――私も少年兵でしたが――気の毒だったと言う。

そういうことを私にだけ言われるのではなく、評論家の秋山駿さんのお書きになった文章のなかにも、大岡さんの話が書いてありまして、秋山さんが少年のころ苦労したという話をしたら、大岡さんが「それがおれの弱点なんだ、おまえたち少年の苦労をおれはよく知らないんだよ」と。やはり慰めの言葉だと思います。

私はこれとよく似たニュアンスでいろいろな励ましの言葉を聞きました。でも、あのときは少年だけがつらかったのではなくて、最初に言いました大岡さんのお子さんも大変だったと思います。知らない東京で引きずり回されるわけですから。九段まで行ったら、中央大学へ行け、中央大学へ行ったら、また九段へ戻れ。それで品川へ行ったという話。小さいお子さんたちこそほんとうにひどい目にあわれたと思う。しかも品川まで行ってやっとお父さんに会えたら、お父さんもお母さんも泣いているわけですから、何が起こったのだろうということです。幼児だった人たちも大変だったと思います。

あらゆる人に戦争というものは大変だった。大岡さんにはそういう目があるのです。おれがレイテであんなふうに、ミンドロであいう目にあったのが大変だと言うのではなくて、みんなが大変だった。それからあの司令官が悪かったのではなくて、いろいろな問題があって、そういうのが全部問題だということです。それが大岡さんの強さであり、偉さだと思います。

『成城だより』は大岡さんがいちばん気楽にというと変ですが、素直に、そのままお書きになっている最晩年のものといっていいエッセー集です。『文學界』に連載になったエッセーです。そこに兵隊の問題が出てくるし、最後までそういうことが念頭にあった方だとわかります。

読んでみると大変おもしろい。大岡昇平という人が非常によく出ている。大岡さんはさっき挙げました「出征」という短編のなかで書いていらっしゃるのですが、門司に行って門司から船に乗っていくわけですが、船で出る前の日に軍人は民間の家に泊まることができるのです。ある家で一晩泊まるのですが、そのときに軍隊で買ったものとか、酒保で買ったものを家に送ろうとしてそこの人に頼む。いろいろ会話があるのですが、接触した人が大岡さんのことを何と言っているかというと、「あの呑気な朗らかな方」と言っているのです。大岡さんは声も大きいし、戦争に行くのに、呑気だな、この人は、朗らかだなという、知らない人にそういう第一印象を与えたようです。ある意味では大変純粋であり、子どもっぽい。

「暗号手」という短編があります。暗号手ですから暗号の学科があるんです。暗号がよくても、おまえは態度が大きいからだめだと言われる。普通二等兵で入って三分の二が一等兵に上がるのだそうですが、大岡さんは態度が大きいからだめだというので落ちてしまう。こういう大岡さんという人を頭におきながら、ちょっとご紹介しますが、大岡さんは七十半ばになってから「三日安静、四日休養」と書いています。これは結局全部休むということです。真面目に聞いていると四日働くかと思うのですが、三日安静、四日休養で生きているということを書いている。

それから『じゃりン子チエ』を読んでいるというのです。私は読んだことはありませんが、その『じゃりン子チエ』を、物好き老人は読まずにおられないというのです。それで弁解もあるんです。純文学の編集者がきて――さっきの人ではありませんが、帰りに『ビッグ・コミック』という漫画雑誌を置いていったと言うのです。純文学の編集者がこんなものを置いていくぐらいだから、純文学が衰退するのはあたりまえだと言い、しかも若い作家たちは漫画のコマの連続を思い浮かべながら詩や小説を書くらしい、これも問題だということで、ここでは真面目に文学のことを心配されております。そのあとまた『じゃりン子チエ』の話に戻って、五歳のお孫さんがベッドのそばへきて「おじいちゃん、そんな少女漫画読んでどうするの?」と言ったというのです。「答えに窮す」、窮したけれども、『少女漫画書くんだ』と答えて毛布ひっかぶる」と書いてある。こういう人なのです。

あるいは前に大岡さんのところにいたのかもしれませんが、娘さんがプチという子犬を飼っていた。その娘さんのところへ電話をかけて、プチの鳴き声を聞きたいから電話口に出してくれというんです。七十過ぎた人のなかには、こういうことを言う人もあるかもしれませんが、お嬢さんはよほど子犬に会いたいのだろうと思って――いいお嬢さんですね――すぐそのプチを連れてきたというのです。「娘、プチを連れてくる。噛みつかれて痛し」とあります。犬がダイエットしていたのか知れませんが、お嬢さんに「ビスケットやっちゃいかん」と言われるからビスケットもやれない。しようがないから、よく犬を仰向けにして腹を撫でますね。メスの犬はそういうことをしてはいけないのだそうです。それで嚙みつかれたらしいとあとで反省していますが。

あるいは河口湖に別荘があって、私もおじゃましたことがありますが、台風がきて、別荘は無事だったのですが、よせばいいのに、河口湖の周辺はどうなっているか、「野次馬じいさん」と自分で言って、奥さんに車を運転させて台風のあとを見に行くのです。こういう好奇心。

大岡さんの家は武田泰淳家とすぐ近くで、奥さんの武田百合子さんが大岡さんのことを──あの奥様も非常におもしろいものをたくさんお書きになっていますが──「いやだ、いやだ、が口ぐせだ」と書いていた。それを読んだ大岡さんは、早速、日記に「ああああああああ、やんなっちゃうなあ。やな人にやなこと聞かれちゃった」と書いている。やな人というのは武田百合子さんです。そこで反撃するんです。「もっとも抑圧されあるものなき方が変なり。」つまり武田百合子さんに抑圧されているものがない、だから言いたい放題言って、書きたい放題書いているというのです。「抑圧されあるものなき方が変なりとみずから慰む」と、武田百合子さんの悪口をちょっと書いて、みずから慰むというのです。こういう子どもっぽさというか、こういうおもしろさがあります。

しかし、やはり中心にあるのは戦争で奪われたものへの憤り、これからも奪われるかもしれないという不安とか、そういうことです。

たとえば沖縄に旅行して、観光タクシーのガイド嬢が、沖縄の日本軍の司令官の自決を美談のように話した。とたんに「やめてください。あの連中があなた方を殺したと思わないのですか」と怒鳴る。軍人が死ぬのはあたりまえです。しかし沖縄の人たちはそのためにひどい目にあっている。何が美談ですかということです。

あるいは、フォークランド紛争が起こり、アルゼンチンの兵士とイギリスの兵士が戦ってたくさん死にますね、あるいはイスラエルがレバノンを攻撃して一万人近い死者が出る。さすがに大岡さんもがっくりしたのか、「人間は神の失敗作なり」という悲しい、人間に絶望するようなこともあげている。

また、埴谷雄高さんと話し合ったときに、戦前戦後をとおして「左翼も右翼も幹部は待合遊び、窮死したのは下部党員だった」という話がでた、軍隊も同じだったというようなことも書いていらっしゃる。

そして、これは『成城だより』の二巻目になりますが、八月六日から始まる十日間が、平常心を取り戻して事態を正視する期間だといっています。つまり大岡さんにとっては事態を正視するということと平常心ということが結びつくのです。平常心ということは絶えず事態を正視しているべきだということです。世の中に何が起こっているかということを正しく見る、それが平常心をもっている証拠だ、と。

終戦記念日前後、テレビで「君は広島を見たか」が放映されますが、大岡さんは自分は見ないというのです。痛ましさに耐えられず見ない。『きけ わだつみのこえ』も読みつづけられない。これはほんとうにそうだと思います。私も戦争文学はつらくて読めない。戦争ものは見ない。大岡さんには悪いのですが、大岡さんの作品を最初におもしろく読んだのは『武蔵野夫人』です。あれはロマンとして非常にいい作品だと思いますが、『俘虜記』や『野火』はすぐには読めなかった。時間がたつにつれて読むようになりましたけれども、つらいということです。

それから九月に入ると、九月十八日はどういう日か。年配の方はご存じでしょうけれども、満州事変の起こった日です。日本国民にとっても奴隷化され、死に向かって積み出された始原の日だというのです。「日本国民にとっても」とありますから、中国の人にとってもということでしょう。

あるいは核実験の話も出てきますし、長崎の被爆に対する憤りとか、いろいろな話が次々と出てきます。戦争中こうだった、と。これはまだ戦闘が始まっていないときですが、将校と兵と食べるものが違うのです。将校食堂の残飯を片付けにいかされる。バケツ一杯残飯がある。それを処理するのが楽しみだった。穴を掘って埋めるのですが、埋める瞬間にその残飯をむさぼり食う。それが楽しみだった、と。何かのきっかけで残飯の話が出てきたのでしょう。

東京裁判のことも出てきます。判決を聞いて、これは非常に簡潔にしか書いてありませんが、「東条が叩頭をもって受け、広田二階の傍聴席の家族に目を放つ」、これは万感の思いを込めて書いていらっしゃると思うのです。

私も戦争小説を書こうと思いまして、自分の体験ではなくて、自分がこういうふうになっていく過程において、少年を駆り立てた指導者は何を考えていたか。私が生まれたときにこの指導者は何を考え、私が軍隊に志願するときにこの指導者は何を考え、どういう生活をしていたか。そういうことをずうっと並行描写で書いていこうと思って、それで戦争指導者としてだれを選ぶかということで、軍人はこりごりでしたから、A級戦犯でたった一人の文官である広田弘毅を戦争を命令した人とし、命令された自分と並べて書こうと思って調べだしたのです。

しかし調べていくうちにいろいろな、私の考え方と違う部分がずいぶんありまして、とにかくまず広田のなかに入ってみないとほんとうのことはわからないのだということで、広田弘毅だけを書こうというふうに変わっていったのです。

ところが、広田一家、遺族の人たちは頑として取材拒否です。広田さんは「自らのために計らわず」というのが生涯のモットーでしたから、遺族たちにも絶対自分のことを話してはならないと言いおかれたのです。ですから、どんなに頼んでもガードが固くて、だから私の前に遺族から取材した人はいないはずです。私の後にもいないはずです。あと、また門を閉じて入れずなんです。

その話をして、「困っているんです」と言ったら、これはほんとうに何かのお引き合わせだと思いますが、大岡さんは膝を叩かんばかりにして、「いや、広田の長男とぼくは小学校時代からの親友だ」と。広田のお父さんの気持ちもわかるけれども、やっぱり歴史の真実を残しておくというのが大事なことなんだ、こういうことを二度と起こさせないためにも大事だから、ぼくは絶対長男を口説くからと言われて、長男がまず応じてくださった。次男の方は亡くなっていまして、三男が鵠沼に住んでいらっしゃいました。広田さんが前に住んでいたところです。その三男の方をも口説いてくださって取材ができたのです。

それは非常に重大だったのです。なぜかというと、三男の正雄さんは総理秘書官だったのです。だから、総理大臣の公私全部を知っているわけです。天皇はこういうことを言ったとか、普通世間では知らないようなことを天皇に言われて、広田はがっくりして帰ってくるというようなこと、さまざまな話をその弟さんから聞くことができました。さらにお嬢さんからも聞きたかったのですが、お嬢さんたちだけはとにかく自分の口からは話せませんと言う。私がお嬢さんしか知っておられないことを聞きますと、三男の正雄さんが立っていって隣の部屋——同じ家ですから向こうにおられるわけです——へ行って妹に聞いたら、妹はこう言っていますという、そういう間接取材です。私はそういう取材をしたのは初めてです。同じ家で同じ家族のなかで。だから、二人のお嬢さまはいまもお元気でご存命でいらっしゃいますが、一切世と交わらない。ただただ父のことを守って、父の霊を守って、門を閉じて住んでいらっしゃる。

そういう意味で、私にとって大岡さんは大変ありがたかったし、またその本を書くことができた。知られなかった歴史を少しでもお伝えすることができて、そういう意味でも大岡さんには感謝のしようがないのです。

大岡さんは〝ボヤキの大岡〟と言われるぐらい、いろいろなことに腹を立てられる方で、たとえばさっきの『成城だより』に戻りますと、どこかへ行ってそば屋さんに入って席に座ろうとしたら「あ、お一人ですか、一人はこちらへ座ってください」と言われた。そういうことよくあります。でも大岡さんは怒っちゃうんです。「客に指図するやつがあるか。おれの勝手だ」と。つまりこれなんです。指図されるということをきらう。軍隊でいやというほど指図された。これは上下の関係で仕方がなかった。人が人を指図する、人が人の上に人をつくるとか、人の下に人をつくる、そういう関係になるわけですから、そういうことは許せない。普通はそんなことで怒りませんが、かんかんに怒って出てきてしまった。ところがステッキを忘れてきた。それでとりに戻ったら、店員も客も変な顔をして変な老人を見ているというのです。「大人げなく恥ずかしきことなり」と。

そういう何でもないことですが、指図という言葉に対するアレルギーがあり、決して人は人を指図してはいけない、人は人の上に立ってはいけないのだ、と考えていた。大岡さんのなかにあるのは反権威です。いろいろな賞を辞退する。いろいろな賞というのは官の賞です。政府のくれる賞は芸術院を含めて辞退するということです。あるいは文学賞の権威も否定する。私などは直木賞の選考委員をやっていて五年間で辞めました。ちゃんとした賞の出し方をしなくてはいかんのだということで辞めたのですが、大岡さんに言わせると、賞はコンクールだからできるだけ多く出したほうがいいというのです。私はその点は違うのですが、大岡さんの言いたいのはわかるんです。賞に権威をもたせるなということです。何でもいいから権威をもつということを警戒される。

芥川賞作家ということで権威をもつ、そういう権威をもつな。だから選考委員も七十になったら辞めろということを言っています。選考委員のほうがもっと権威をもつわけですから。私はなってからもずいぶんそういうことに気がつきませんでした。選考委員というのはすごく権威がある、特権があるんですよと言われて、ぜんぜんそういう覚えがありませんが、いまになって考えてみると、やはり権威なのです。だから、そういうものから一切離れ、芸術院会員も受けられないというのは大岡さんにしてみれば当然のことです。

もっとも辞退の理由として、当時の報道では、「捕虜を経験した身は、国家的栄誉を受けるにふさわしくない」といった趣旨の大岡さんの発言が伝えられたように記憶します。もし、そうだとすれば、それは大岡さん流の言い方であって、ほんとうの言い分はもっと他にあったのではないか。

たとえば権威の問題もその一つですし、これまで述べてきたように、大岡さんは組織や群のなかの一員として、偶々、あるいは指図されて捕虜になったのではなく、意志的に軍からの離脱を企て、個として、強い人間としての行動に出た結果、捕虜になった——そのことを言外にはっきりさせておきたかったのだ、と私はそんなふうにも推理しております。

さっき武田泰淳さんの話をしましたが、ほんとうにあの人たちはみんなおもしろいですね。私は武田さんとはアジア・アフリカ作家会議で一緒にカイロへ行ったことがあります。アジア・アフリカから作家たちが集まってくるのですが、これが会議にならないのです。私たちが言論の自由がどうのこうのと言っているときに、紙がないんですけれどどうしたらいいんでしょう、というのです。鉛筆でもペンでもいいから送ってもらえませんでしょうか、と。そういう大変な会議で、私と泰淳さんは同じ部屋だったのですが、毎朝起きますとボリボリ音がしている。何かというと、ベッドの上でインスタントラーメンをかじりながらビールを飲んでいらっしゃる。インスタントラーメンができて間もないころだと思います。そこから一日が始まる。朝からそうですから、一日朦朧というと悪いですが、とても楽しい人です。一日中、仙人と一緒にいるみたいで。あの人たちの時代というのは文壇にとって非常によかったし、また大事な時代であったという気がします。

（『大岡昇平の仕事』岩波書店、一九九七年）

初出一覧

Ⅰ

わが復員　「小説公園」一九五〇年八月号

妻　「別冊文藝春秋」第十八号、一九五〇年十月

帰郷

　姉　「新潮」一九五〇年十一月号

　家　「文學界」一九五一年三月号

　帰郷　「小説新潮」一九五一年九月号

愉快な連中　「小説新潮」一九五一年三月号

再会　「新潮」一九五一年十一月号

神経さん　「群像」一九五一年十月号

Ⅱ

ミンドロ島誌　「東北文学」一九四九年十月号

西矢隊始末記　「芸術」一九四八年十二月号

フィリピン紀行　「朝日新聞（夕刊）」一九六七年四月十三日〜十五日

昔ながらの草の丘　「朝日新聞」一九六七年四月二十七日

二極対立の時代を生き続けたいたわしさ（遺稿）
　「朝日ジャーナル」一九八九年一月十八日号

『わが復員わが戦後』
単行本　現代史出版会、一九七八年四月刊
文　庫　徳間文庫、一九八五年八月刊

編集付記

一、本書は徳間文庫『わが復員わが戦後』に、遺稿「二極対立の時代を生き続けたいたわしさ」を増補し、巻末エッセイ（阿部昭）、解説（城山三郎）を付したものである。各作品は『大岡昇平全集』（筑摩書房）を底本とした。ふり仮名を適宜加除した。

一、本文中、今日の人権意識に照らして不適切な表現が見られるが、著者が故人であること、執筆当時の時代背景や作品の歴史的意義を考慮し、原文のままとした。

中公文庫

わが復員わが戦後

2025年4月25日　初版発行

著　者　大岡昇平

発行者　安部順一

発行所　中央公論新社
〒100-8152　東京都千代田区大手町1-7-1
電話　販売 03-5299-1730　編集 03-5299-1890
URL https://www.chuko.co.jp/

DTP　嵐下英治
印　刷　三晃印刷
製　本　フォーネット社

Published by CHUOKORON-SHINSHA, INC.
Printed in Japan　ISBN978-4-12-207641-9 C1195